CB069086

O Mal Absoluto

Arturo Gouveia

O MAL ABSOLUTO

ILUMI//URAS

Copyright ©:
Arturo Gouveia

Copyright © desta edição:
Editora Iluminuras Ltda.

Capa:
Fê

Revisão:
Ana Paula Cardoso

Composição:
Iluminuras

ISBN: 85-7321-035-4

1996
EDITORA ILUMINURAS LTDA
Rua Oscar Freire, 1233
01426-001 - São Paulo - SP
Tel.: (011)852-8284
Fax: (011)282-5317

ÍNDICE

PRÓ-JUÍZO (Ao leitor) 11

O ÁPICE DA CRUELDADE 13

A IMAGINAÇÃO NO PODER 21

PALHAÇO DE MÁSCARA 61

O ÊXTASE DE SANTA TERESA 73

O MILAGRE DE ALANA 79

A IMAGINAÇÃO DOS ANTIGOS 97

O MAL ABSOLUTO 111

CUSPES DE DROMEDÁRIO 167

AS MÃOS SUJAS DE SARTRE 175

O X E O ARCO 187

MORO EM JAÇANÃ 197

AO VANGUARDISTA QUE PRIMEIRO ROER E ROMPER O CADÁVER DO MEU ROMANCE DEDICO SEM MEMÓRIA ESTAS PÁGINAS DE IMAGINAÇÃO E INTOLERÂNCIA

PRÓ-JUÍZO
(Ao leitor)

Que Brás Cubas confessasse haver escrito suas memórias para talvez cinco leitores, coisa é que admira e consterna. O que não admira nem consterna é se este romance não tiver quatro leitores. Quatro? Digamos três: eu, o digitador e o corretor eletrônico do computador. Trata-se de um romance confuso, no qual eu, se adotei a violência de um Rubem Fonseca ou o ceticismo irônico de um Voltaire ou de um Sartre, não o fiz à altura. Pode ser uma obra já finada. Escrevi-a com os cacos do Muro de Berlim e a melancolia de quem perdeu toda inocência. Depois da queda, expulsa do Paraíso da Verdade, a última teologia do mundo se enterrou. Resta hoje a teologia do senso comum, inclusive na vã-guarda, cheia de clichês e ensimesmamentos cínicos.

Em novembro de 89, quando esta obra (?) nascia, João Pessoa ainda era uma cidade priquitinho. Hoje já progrediu para vilarejo, com anseios de província. Assim, é difícil antever o que poderá sair desse distúrbio. Os santos dirão que escrevi contra Deus; já os cérebros vanguardistas (cérebros de papelão) dirão que escrevi contra a forma, mas que papelão! Aí ficarei privado da estima dos graves e do amor dos frívolos, os dois extremos da opinião pública. Isso prova que o inferno são os outros, ou seja, leitor, tu.

Me desdobrei em vários nomes – Daniel Bendito, Homero, Galileu, Bolinha, Édison Aranha, anônimos. Usei muitos artifícios – simplificações, erros, excessos, apelos, situações inverossímeis – para angariar as simpatias da opinião. E o primeiro passo é um prólogo trancado e truncado, sem dizer como construí estas linhas cá no outro mundo, na Juliano Moreira. A obra em si mesma é tudo, se é que o tudo ainda existe. Se te agradar, caro corretor, terei cumprido a tarefa; se não te agradar, terei cumprido mais ainda. E ao diabo!

O ÁPICE DA CRUELDADE

– Há incidentes que mudam completamente a vida da gente. Fui arrasado por vários deles na juventude. Vou relatar a vocês um, que foi o mais torturante. Nunca me saiu da cabeça aquele dia na Dom Pedro II, nos idos de 78. Vou ser o mais fiel possível à mentalidade adolescente. Se não o conseguir, entendam que é questão de idade.
Mandei baixar a televisão, que anunciava quebra-quebra em Los Angeles, por parte de negros e miseráveis. Outros se aproveitavam da revolta negra para saquear supermercados e lojas. O Japão e a Alemanha estavam preocupados com a decadência americana. A cada dez crianças que se matriculam em escola pública, sete abandonam.
Alana, minha filha mais nova, baixou a TV e veio aderir à reunião de família. Gemima, minha esposa, já tinha se estarrecido com narrativas anteriores da minha vida. Temia agora que a decepção afetasse tudo.
– É que o pai de vocês pode ser assassino. Não, não me julguem agora. Esperem o desfecho. O incidente da Pedro II afeta meu sono até hoje. Afinal, sou ou não assassino?
Gemima foi baixar mais ainda o aparelho: despencou uma barreira no Rio, devido à chuva, e onze famílias foram soterradas.
Rodolfo pediu para eu parar de tensão. Que fosse logo ao assunto.
– A violência é a coisa mais degradante da espécie humana. E o pior é que pouco se consegue sem ela.
– Quer dizer, painho, que tudo isso que a gente tem o senhor conseguiu maltratando os outros?
– Isso eu posso responder depois. Vamos à Pedro II.
Eu, Jacaré e Brinquedo do Cão decidimos dar um susto bacana em Dona Hermengarda. A velha queria reprovar a gente em Educação Artística! Tínhamos passado em tudo. Éramos alunos exemplares. Ninguém ali no Miramar foi tão inteligente em matemática quanto eu. Essa casa de vocês é fruto de uma planta minha. Nenhum arquiteto

chegou a esse nível aqui em João Pessoa. Como construir uma mansão em terreno de mangue, como esse da Beira-Rio, sem remover o solo? Como manter piscina e sistema hidráulico completo? Às vezes, com base na minha competência, tento justificar o que fiz com Dona Hermengarda. Se ela tivesse resistido ao apelo e me reprovado, não teríamos hoje tanto conforto. Talvez eu ficasse frustrado e passasse a ter horror aos estudos. Crianças hoje no Japão se suicidam por causa disso, vocês sabem? E eu sempre fui perfeccionista.

– Onde mora hoje essa Dona Hermengarda, painho? – perguntou Aline, a mais velha.

– No hospital de loucos, na Pedro II. Essa coincidência reforça minhas noites de insônia. É que a dúvida persiste.

Nós três selamos o destino da velha. Íamos retalhá-la de terror, medo, desgraça, pavor, ameaças, assombrações. Era dezembro de 78 e não podíamos decepcionar nossas famílias exatamente no Natal. Eu e Jacaré tínhamos até condições de pagar outro colégio, qualquer coisa assim. Brinquedo do Cão era pobre e foi ele que nos conduziu ao terrorismo. Era o mais velho e manipulava o resto. Desde que massacrou Cabelo de Quenga, numa briga, ficou respeitadíssimo no Estadual do Miramar. Ele, pois, nos levou à Lagoa, onde descobrimos uma loja de fogos. Compramos muita bomba, dois rolos de mijão e uma caixa de peido de véia. Dona Espingarda ia se ver com a gente. Logo em Educação Artística? Que contribuição trouxe os artistas para o mundo? Trouxeram, Brinquedo, trouxeram. Observe a concordância.

Chegamos ao Mercado Central, onde nos apareceu o primeiro problema: qual o número da casa daquela puta? Aquela rapariga velha, do cu cheio de cupim, mora aonde, por obséquio? Alguém aqui conhece Dona Hermengarda, que já levou muita vara na boca do priquito cheio de gala de zebu? Por favor, minha querida, onde fica a casa de uma professora por aqui que já deu o butico?

Ninguém informou absolutamente nada. E a Pedro II, do Mercado Central à Universidade, tornou-se um império diante de três súditos idiotas. Isso fez crescer nossa raiva, principalmente a de Brinquedo, cujo plano era aproveitar a solidão da velha para transformar um lar num cemitério. Como ela não tinha acordo com os três reprovados, íamos reprová-la para o resto da vida.

Mas, de repente, na Princesa Isabel, aquela rua lateral do Mercado, vimos uma cena estranha: uns vinte ou trinta homens dando impiedosamente num negro. Só vim ver que era negro depois, porque o volume de massacradores não permitia ver um poro da vítima. Que diabos tinha feito aquela criatura? Davam pernadas, mãozadas, vassouradas, pauladas. Quando desmaiou, jogaram um balde de lama para ele acordar do pesadelo e cair na realidade da pancadaria. Eram tantos pés em cima da cabeça dele, que eu disse a nosso líder:

– Brinquedo, rapaz, vão matar o cara.

– Não ligo. Nosso acerto é com aquela velha do cu cheio de lodo. Se bem que eu acho uma sacanagem tanta mãozada pra um só.

Jacaré também foi contra. Homem que é homem luta com um homem só.

A polícia chegou e ninguém sabia por que o Mercado inteiro tinha desabado em cima do negro.

– Ele invadiu minha casa, disse um comerciante. Invadiu pela cozinha. Levou uma cachorra no cio pra enganar meu cachorro, mas não me enganou.

Os dois policiais estavam paralisados. Ou com a altura do muro do comerciante ou com a altura dos murros dos comerciantes, donos de pequenas lojas, vendedores. Não pararam de enfiar os pés no pescoço do desgraçado, já coalhado de sangue no solo da pátria. Brinquedo nos arrastou para a casa da velha, que não sabíamos onde era. Quando íamos dobrando a esquina, ainda vi o negro, praticamente amassado, o rosto achatado de chutes, sendo botado dentro do camburão sob uma chuva de mãozadas. O ápice da crueldade foi a gargalhada geral que se seguiu ao que o miserável disse, recuperando o direito ao fôlego:

– Doutor, eu só queria pão com ovos.

Brinquedo do Cão chegou à conclusão de que a secretária do Estadual tinha dado endereço errado pra gente:

– Que nada! – retorquiu Jacaré. Já vi muitas vezes ela rondando por aqui.

Fomos até um fiteiro tomar informações. Lá, uma TV chamava a atenção para pirâmides de ouro descobertas por satélites americanos na Amazônia. Greves volumosas paralisavam São Paulo, desafiando a ditadura. Um prédio inteiro em Recife, construído com material inferior, foi lambido pelo chão: famílias inteiras foram esmagadas: os que sobreviveram iam enfrentar décadas de justiça para ter indenização: uma criança foi puxada das ruínas por um bombeiro, que não agüentou ver dois olhinhos azuis pulando fora da cara: cabeças estouradas pelas lajes.

Jacaré deu a idéia de sondar aquela parte da Coremas. Muitas casas antigas por ali sugeriam a morada de pessoas velhas. Dona Hermengarda, que íamos triturar de susto, só podia estar com o cu escondido num daqueles castelos medievais. Paramos diante de um que tinha roupas estendidas: um vestido amarelo e preto era a cara da tabacuda! Mas, exatamente quando íamos soltar a primeira bomba, um homem saiu gritando de dentro como um lobo atingido nos ovos por um canhão de Navarone. Atirou-se embaixo do primeiro ônibus que apareceu. O motorista não conseguiu evitar que uma sopa de miolos fosse servida no asfalto. Uns cachorros que vinham do Mercado Central logo cuidaram de quebrar sua dieta em cima de porções de um cérebro que ainda pulava. Um trovão de gritos horrorizados partiu de dentro do ônibus. Os passageiros desciam às dezenas para vomitar curiosidade e terror em cima daquele inexplicável cadáver. Jacaré logo apagou a bomba que ia ser endereçada à professora com uma rosa. Acontece que a casa dela não podia ser nunca ali. Enquanto o turbilhão de gente interditava a Dom Pedro para ver a imponência magistral do suicida, eu procurava raciocinar sobre os motivos da tragédia. Correram boatos meses inteiros. O mais recorrente foi o das mãos do filho, estouradas de palmatória. O pai passou o ano inteiro economizando tudo para comprar um carro do ano. Já pensou, Jacaré, desgraçar o filho e a si mesmo por causa de um carro? Foi o próprio Brinquedo do Cão, mestre em terrorismo infantil, que nos fez essa observação. O menino arranhou o carro com sua inocência de três anos. Pegou um prego e saiu desenhando casinhas, bolinhas e cobrindo letrinhas na folha de aço do carro zero. O pai não se lembrou nem dos amigos que havia convidado para comemorar a posse do carro novo. Como lição, liqüidou as mãos do desenhista com a palmatória. Sangrando, largou as mãozinhas do pequeno Leonardo da Vinci e desapareceu de casa por dois dias. Quando criou coragem para avaliar sua obra de arte, voltou a casa e encontrou o menino com as mãos decepadas. O médico tinha dado o caso como irrecuperável. E o menininho, nesse ponto, foi bem mais adulto e ético que o médico, ao dizer com toda a transparência de um quadro realista:

– Painho, eu não tô com raiva não, painho. Se o senhor me der duas mãos novas, eu lhe dou um carro novo.

Ora, o homem saiu louco de casa exatamente quando estávamos preparando a bomba. Que falhou.

Ali onde hoje é a subestação da Chesf já foi um grande hospital do governo para doenças gerais. Jacaré lembrou-se que os alunos diziam que era entre o hospital e a Rui Barbosa que a velha morava. Dessa vez ficamos sem qualquer dúvida. Íamos estraçalhar os segundos da velha. Matá-la aos bocadinhos durante um dia inteiro, pondo em prática um plano desastroso que já nos perseguia desde o início de dezembro. Era uma questão de honra para nós três. Logo Educação Artística? O que danado a arte tinha a nos dar? Desde quando o mundo foi pra frente com arte? Se fosse ao menos matemática ou biologia... Mas uma matéria inferior quebrar o ritmo de três vidas? Portanto, que ela fosse quebrada também e descesse ao inferno tripartida. Ficou combinado que nenhum dos três tocaria um dedo na velha. Mas poderíamos jogar pedras no telhado dela, bombas nas janelas, tudo o que pudesse prejudicar a paz daquela rapariga que reprovava a gente por falta absoluta de cunhão. Brinquedo do Cão já tinha traçado tudo. Íamos apenas rechear o bolo de uma plácida velhice. E assim passamos pelo manicômio da Juliano Moreira e pelo beco da Paula Afonso que deságua em Jaguaribe. Uns doidos, pendurados no muro da colônia, enfaixados, sujos, lambuzados, feridentos, empusados, pareciam mais dignos do que nós três. Um deles mangou de Brinquedo do Cão quando Jacaré chamou Brinquedo do Cão de Brinquedo do Cão. O doido enfatizou o sentido pejorativo do apelido, deu gargalhadas, apontou para os outros, que gargalharam também. Ficaram nos ridicularizando, com se tivéssemos inteligência precária perante eles. Fizeram careta, apontaram um garfo para o nosso líder. Ainda hoje não sei como arrumaram esse garfo, mas traziam muitos objetos pendurados no pescoço, inclusive latas. Uma louca veio se juntar ao elenco de artistas e era, meu Deus, a cara de Dona Hermengarda! Não acreditamos na terrível coincidência, até porque desejávamos que não fosse coincidência. Mas decidimos algo mais brutal: a velha doida não basta e essa aí está rindo: ela tem que ser massacrada pelos sustos e perder completamente a noção de riso. Tinha que migrar para dentro dela, interiorizar o terror, leprar o espírito com a corrosão dos explosivos.

    Mas, quando chegamos à altura do hospital, um tumulto enorme tomou conta de nossa visão. Uma fila monstruosa de desgraçados cortava calçadas inteiras, chegando depois a tumultuar o trânsito. Eram infelizes que desde as cinco da manhã esperavam por uma senha que marcasse uma consulta. Um enfermeiro veio dizer à população doente que as consultas daquele dia tinham acabado. Mas acabado por quê? Quantas vezes não já vim aqui ouvir o mesmo sermão? Cadê o dinheiro que a gente desconta todo mês? Por que esse enfermeiro não pega uma hemorróida e fica aqui desde as cinco? Onde estão esses médicos que não operam um olho de cu? Para vocês terem uma idéia, até nosso comandante ficou impressionado! Não necessariamente com o que fizeram com o enfermeiro, mais ou menos a minitragédia do Mercado Central. Mas com a maneira como os médicos desapareceram em massa quando os miseráveis tomaram o hospital e quebraram tudo. Sabem o que é aquela mortalha coletiva de gente sem dente, pés quadrados de inchação, caras de túmulo às centenas, milhões de rugas unidas contra a opressão das consultas? Pois dessa vez não consultaram autoridade alguma e impuseram sua lei e sua hegemonia faminta no prédio luxuoso só de fachadas. Por dentro, era material jogado por todo lado, estoques invalidados, funcionários enferrujando. Aquela tomada da Bastilha deu muito o que falar depois nos jornais: chegaram a dizer que alguns velhos sifilíticos que estavam na fila com vidrinhos de seu sangue pegaram agulhas lá dentro e iam picar todo funcionário ou médico que aparecesse naquele campo de concentração branco. É claro que os jornais mentem muito e excitam o medo e o pavor nos leitores. Mas nós víamos que aquela revolta toda tinha um certo ar de humanidade: parecia que aqueles velhos, depois de milhares de anos de exploração, descobriam de repente que eram humanos se rebelando. Nenhum dos três aprovou a tremenda surra de pisadas, socos e contaminação geral que a fila deu no enfermeiro, sem consultá-lo e sem fila. Deveriam fazer isso com alguém maior, como íamos fazer agora com Dona Hermengarda. Já pensou se a gente fosse se vingar da secretária do Estadual que veio dar o recado final da professora? Não, nós sabíamos distinguir as coisas e não aprovamos também a atitude da polícia de jogar gás lacrimogêneo nos rebeldes que tomaram aquela Constantinopla doentia e sem especiarias. Dois leprosos, em estado adiantado de miséria carnal, literalmente chorando pus, pintaram duas pontas de facas com suas lágrimas cristãs e ameaçaram jogá-las nos policiais, que recuaram. Depois os jornais disseram que os policiais foram ignorantes, porque lepra não se pega assim, e assim a imprensa estava ganhando dos dois lados.

— Baixe mais a tevê, Gemima. Já estou terminando.

— Estão dando a notícia de uma rebelião num hospital da zona norte do Rio. Tomaram o prédio e ameaçaram matar o diretor, que desviou a verba dos remédios.

Desviamos para as imediações da Rui Barbosa, com um certo resquício de gás nos olhos. Muito piores que o gás, porém, eram as nuvens de tosses de tuberculosos, ulcerosos, cancerosos, sifilíticos, gonorréicos, leprosos, epilépticos, morféticos, trabalhadores e ex-trabalhadores, explorados e ex-explorados, pessoas comuns e ex-pessoas, que deixavam no ar parte de sua história.

Mas o nosso acerto de contas era com a mestra. A professorinha que um dia nos ensinou o que é ser reprovado. Tiros foram dados na nossa frente, algumas varas de gente não resistiram e desmaiaram ou acabaram de morrer, depois de anos de morte simulada. Olhei para trás e vi que num instante chegaram ambulâncias mortuárias com seus célebres envelopes de madeira. A Mata Atlântica, do outro lado da rua, mantinha sua imponência de árvores gigantescas, que um dia seriam transformadas em portas maciças para os invisíveis dos casarões e em outros envelopes para os defuntos que, invadindo o hospital e desafiando a polícia, acabavam de dar a maior demonstração de ousadia e triunfo em toda sua existência.

Mas nosso acerto era com a velha. Os primeiros carros mortuários deram partida. Íamos partir a velha.

E partimos.

A IMAGINAÇÃO NO PODER

1. – Doutor Nanterre, pense em seus filhos.

Nanterre, coroado de fotos e flashes de câmeras, voltou-se para mim com frases arrasadoras:

– Meu caro Daniel, somos amigos de muito tempo. Não há razão para ódio. Profissão é profissão. Não havia provas contra ele e eu cumpri meu dever. Seu defeito é que você continua pensando como em 68.

As câmeras se deslocaram, todas para mim, como se eu fosse fuzilar Nanterre de discursos inflamados. Mas eu apenas disse:

– Dr. Nanterre, pense em seus filhos.

E Nanterre rebateu violentamente:

– Esse rapaz continua preso em 68. O mundo evoluiu muito. O homem pisou na lua, descobriu dezenas de partículas subatômicas e o comunismo ganhou uma pá de cal. As classes trabalhadoras viraram reacionárias. Morreu a tese da ditadura do proletariado. É mais provável que em breve tenhamos uma ditadura de mendigos.

Risos soaram de toda parte.

– O próprio capitalismo se transformou muito. Quem mais leu Marx no mundo foi a burguesia. A engenharia genética já promete reproduzir o DNA. A indústria de reciclagem de lixo é uma das mais prósperas. E você continua preso em 68?

Eu tinha mil e uma respostas para a retórica exuberante de Nanterre. Membros do Partido queriam que eu aproveitasse a televisão para denunciar aquele cínico advogado de policiais criminosos. Mas eu frustrei a ânsia do Partido:

– Dr. Nanterre, pense em seus filhos.

Os repórteres voaram em cima dele como urubus eletrônicos em cima de carniça nova:

– É verdade que não havia provas contra o soldado? E a fita da greve?

– É verdade que a classe dos advogados defende qualquer pessoa?
– Dr. Nanterre, o senhor não teme reação dos sindicalistas?

E o célebre orador resumiu tudo numa única resposta:
– Eu seria capaz de defender Adolf Hitler num tribunal de Israel. Por que não? Eu sou profissional e nós temos que aprender a distinguir as coisas. O policial, no dia da greve, estava em serviço público. Cumpriu seu papel contra a desordem e o regresso dos sindicalistas. O que ocorreu com a esposa do professor Daniel foi um acidente. Não há crime doloso, porque não houve intenção. Além do mais, a única prova possível do presumível espancamento é a fita, que toma tudo de costas. Sem nitidez, não há meios para acusar. Muito menos para identificar com certeza o soldado. Parece uma brincadeira, mas Daniel, mandando-me pensar na família, está sendo reacionário. Está transformando questão social e profissional em questão pessoal. Que marxista individualista é este? A imaginação dele não tem poder. Seus argumentos são pobres. Aliás, desde a queda do Muro de Berlim os comunistas do mundo inteiro estão mendigando referenciais. Estão mais atrapalhados que Dom Quixote, o qual pelo menos estava sentado num burro. Os comunistas não sentam mais em espaço algum. Sequer têm moinhos de vento para ventilarem suas febres vazias de luta. É essa desorientação planetária deles que eles querem por fim da força passar para o capitalismo. E degeneram em discursos absurdos, como essa grave ameaça do professor Daniel. Eu poderei processá-lo por isso.

Lembrei-me de Otelo diante da inocência de Desdêmona. Nanterre era uma prostituta da advocacia que merecia estrangulamento naquela hora. Mas mantive o tom calmo:
– Dr. Nanterre, pense em seus filhos.

2. Em maio de 1993, fui designado pelo Partido para o Congresso de São Paulo. Íamos rememorar os acontecimentos de 68 na Maria Antonia, em Paris, no mundo. Como professor da Universidade, do Departamento de História, e especialista em história medieval e contemporânea, meu trabalho no Congresso era fazer uma análise dos acontecimentos à luz da Filosofia Comparada. Ia demonstrar diferenças e semelhanças entre a violência do Estado feudal e a violência do Estado burguês. O objetivo era mostrar a violência como necessária ao poder para se perpetuar. Em termos mais políticos, queríamos mostrar, retoricamente, que as torturas da ditadura, em termos de ética, eram mais repugnantes que as da Inquisição.

O trabalho não deu certo. Os mais imediatistas do Partido queriam que eu abortasse a comparação com a Idade Média. Só interessava 68. Eles odiavam meus estudos sobre a religiosidade popular e ganhei muitas alfinetadas por isso. Ora, um dos maiores erros da União Soviética foi ter perseguido a religião. Nesse aspecto, Lênin pode ter sido tudo, menos dialético. Me vaiaram várias vezes por causa dessa concepção, eu era um recalcitrante pequeno-burguês. E eu dizia que sem conhecer a religião o Partido não cresceria. Os jesuítas têm quinhentos anos na cabeça do povo. Enraizaram-se no cérebro das massas como tênias finíssimas e sutis. Tínhamos que descobrir pontos de contato entre a formação cristã do Brasil e o marxismo. A idéia de ensinar a pescar, por exemplo, ao invés de dar o peixe. A idéia da espada de Cristo, não da paz. A idéia da igualdade, da solidariedade. Tudo isso é revolucionário há dois mil anos. E só conhecendo bem essas armas é que poderemos um dia fazer a Noite de São Bartolomeu dos empresários brasileiros.

Fui varado de vaias. Mais varado que São Sebastião. Mas nada me penetrou tanto quanto a notícia da morte de Helô.

3. O que mais me chamou a atenção em São Paulo foi a ópera dos mendigos sem bastidores. Os bastidores estavam nas ruas. A pobreza enriquecendo as praças, o metrô, os ônibus, o centro, os subúrbios. Legiões de raquíticos tomavam o espaço visual, com sua célebre arquitetura de costelas roídas. Como era que São Paulo empobrecia tanto minhas impressões? Não era coincidência: em cada canto eu me deparava com mendigos. Um deles, no Anhangabaú, estava surrando a mulher. Parei para ver mais de perto. A primeira dama estava sendo esbofeteada pelo fedorento, talvez enciumado, traído por algum conselheiro. Essa cena quebrou de vez meus resquícios de maniqueísmo. Então quer dizer que um miserável agride outro miserável com imponência e autoridade. Há uma classe dominante entre os enterrados vivos. E as mendigas, por que não se uniam? Ah, isso é problema delas. Devem formar um sindicato e registrá-lo em cada esquina onde possam levantar alguma bandeira de luta contra os maridos que descarregam raivas nelas quando voltam do trabalho.

4. – Daniel, tem notícias ruins de João Pessoa.
– O que, pelo amor de Deus?
– Tua mulher foi espancada na greve. Está passando mal. Corre risco de aborto.

– Aborto?
– Pega o primeiro avião, cara. O Partido se vira por aqui. O principal já foi feito.
– Você disse aborto?
– Foi um soldado. Um tal de Sérgio, conhecido como "PF". Da polícia civil. Deve haver uma reação violenta dos professores e dos sindicatos em geral. Pegue o avião já.
– Aborto?

5. No aeroporto, caiu uma chuva torrencial. Vários vôos foram cancelados. Aborto. Crianças bem vestidas brincavam de roda:

> "Passarás, passarás,
> deixa eu passar
> carregada de filhinhos
> para eu criar"

Minha bebezinha já tinha nome. Eu e France até ensaiamos umas brigas por causa do nome da quianchinha. Mas chegamos a um acordo: Heloísa.
Heloísa, em homenagem a três mulheres fascinantes. A primeira era Heloísa Buarque de Hollanda, empenhada sempre em escrever a história da cultura abortada pela ditadura. A segunda era a garota de Ipanema, que eu e France conhecemos numa viagem ao Rio. E a terceira, a mais instigante, era Heloísa de Abelardo, cujo amor foi castrado em nome de Deus pelas facas da Inquisição. Jamais um livro me despertou tanto amor, tanto apego, quanto as *Correspondências* entre Heloísa e Abelardo. E agora a pichototinha corria o risco de não se comunicar mais comigo. Esse soldado tinha que ser esfaqueado das virilhas ao pescoço. E depois ser enterrado com a bandeira do Brasil.

> "Passarás, passarás,
> A bandeira há de ficar,
> Se não for o da frente
> Deve ser o de detrás,
> de detrás, de detrás".

O frio atraiu mendigos para o aeroporto. Alguns deles estavam até elegantes, como se tivessem passaporte dentro das mochilas. Mas para que precisavam de passaporte, se eram tão viajados? Heloísa terminará como esses esgotos humanos. O soldado não escapa. Voltará a ser criança, ajoelhado sob meu revólver. Quianchinha. Não. Tudo, menos aborto. Absorto, comecei a vomitar mil pensamentos. Podia ser tudo manobra do Partido, quem sabe?, para eu voltar a João Pessoa. Voltar às raízes, a ser criança.

6. Todos os vôos foram cancelados naquele dia, inclusive o de meus sonhos. Heloísa já tinha seu quartinho, bonequinhas, bolinhas, meias deliciosamente bordadas por France. Helô já tinha oito meses de barriga. A primeira cartilha, os desenhos, tudo já feito com o artesanato do carinho. No entanto, a primeira cartilha dela foi a lição do soldado. Sérgio PF. Pai Francisco entrou na roda. Vem de lá seu delegado. Pai Francisco entrou na prisão. Que havia feito France para ser espancada? Com oito meses de gravidez, por que fora à manifestação? Atenção, passageiros: todos os vôos estão cancelados. Será que vão cancelar minha quianchinha? Já estava na chuva quando notei que estava divagando. Podem não acreditar, mas eu voltei para o centro de São Paulo a pé, na chuva. Não sei até hoje onde foram parar meus documentos. Mal soltei o telefone, confirmando o aborto e o estado grave de France, perdi a noção de muitas coisas. Um mendigo veio me pedir esmolas e talvez tenha ficado com a bolsa inteira. Não sei bem. Eu parecia um boneco se desmanchando. Esse soldado merece conhecer Deus o mais rápido possível? Sem dúvida Deus o perdoará. Eu é que não tenho condições de perdoar. Sou apenas humano. Isto é. Depende. Macunaíma matou a mãe por engano. A velha Ceiuci correu atrás dele. Não viram meu neto passar por aqui? Miaaaaau! Ouviram do Ipiranga. Sai da frente, filho da puta! O fingimento não sei por quê. A revolução fracassará. Coitado, como foi bela aquela criatura. Pobres daqueles que não têm paciência. Soldadinho de chumbo é mesmo valente, marcha tão firme que parece gente. Estamos construindo uma nova São Paulo. A São Paulo do Ano 2000. Na Caixa você sempre tem razão. O governo adverte: fumar é prejudicial à saúde. Seus documentos, por favor. Mas, afinal, quem matou Kennedy? Capitu traiu mesmo Bentinho? Por que Cortez incendiou os barcos? Sou leiteira, vendo leite. Cadê o bolinho que tava aqui? Não, Quianchinha, não pode. Mas essa é a angústia da finitude. Os filósofos já explicaram o mundo de muitas formas. Não há documento de cultura que não seja documento de barbárie. Dêem uma chance à paz. Tortura nunca mais. Ou seja. Depende.

7. Alguns mendigos me atacaram na Rua da Consolação.

Depois marcharam da República para a Liberdade.
Iam assaltar outros milionários naquela noite de chuva pesada.
Queriam levar vantagem em tudo.

8. Parei no meio da Cardeal Arcoverde para presenciar um ato fantástico. O coveiro da Necrópole São Paulo expulsando o mendigo que queria dormir ali. Mas as covas já estavam ocupadas. Não havia lugar para novos inquilinos. O coveiro foi até bondoso:
– Ali na frente tem um beco. Por que não dorme lá?
O outro pegou seu beliche de papelão e armou às margens plácidas da lama. Era uma brecha, uma fenda na rua, onde encontrou calor. Ia ficar guardado a sete chuvas. E eu caminhando e cantando, e o mendigo ali, deitado em beco esplêndido.

9. São Paulo, a locomotiva do Brasil, aumentou sua produção de grãos. E os grãos vão parar na mesa larga dos pedantes e na ceia estreita dos pedintes.

10. O Senador Vital Claro responde sobre os programas de combate à miséria:
– Senador, quais os principais pontos de seu programa?
– Nenhum. A miséria é necessária. O operário, com o dedo mindinho na miséria, tira os pés da greve. A miséria, portanto, é cívica, porque serve de exemplo aos revoltados. Nada mais moral que a miséria.

11. – Sorte tua, Daniel, que te vimos pela TV estendido no Largo dos Pinheiros. É um caso que só acontece com um em um milhão. É parecido com aquele caso do nazista reconhecido por um judeu no meio de São Paulo. Felizmente não vais para Telavive. O Partido já comprou nova passagem. O céu hoje está claro.

12. O Congresso me dava oportunidade de expor trabalhos sobre a memória histórica. Tudo está se pulverizando a cada instante. E o Partido, como outras organizações progressistas, tinha que se empenhar na reconstrução do pensamento crítico. A diferença é que, até ali, eu só conhecia essa problemática no âmbito da teoria. A morte de Helô e a semiloucura de France foram foiçadas práticas que cortaram minha velha cabeça. Com uma semana, em João Pessoa, quase ninguém falava mais do crime. Todos em seus afazeres, minha esposa foi tombada pelo

patrimônio do esquecimento. E Helô, meu Deus, sequer provou as primeiras vitaminas para ativar a memória.
Mas eu não esqueci.
13. – Nada de vingança, Daniel. Você tem projetos para o futuro, é homem culto. E vingança pode sujar a imagem do Partido. Vá pelos caminhos da legalidade.
14. Mas eu tive uma idéia muito mais extraordinária que a do Partido. Ia me passar por um católico tradicionalista que entrega tudo a Deus. Ia deixar o soldado esquecer.
15. Nunca diga adeus.
16. O promotor começou:
– Caros jurados, caros presentes. Estamos diante de um crime aberratório. O autor é o soldado Sérgio, mais conhecido por "Porrada Fofa" ou "Prato Feito". Esses nomes já indicam a baixeza de um indivíduo que eliminou uma mulher grávida inofensiva e indefesa. Sim, eliminou! O Brasil inteiro viu as pancadas de cacetete na barriga da Sra. France, o que só fez envergonhar nossa polícia, nosso Estado, nosso povo. E ficaremos mais envergonhados e humilhados se não tivermos a força da lei para pôr esse monstro atrás das grades. Ele mereceria uma jaula, já que não passa de um animal intragável. Contudo, como nossas leis ainda são muito bondosas, o máximo que poderemos fazer é engradear essa criatura nefasta. Lembrem-se, senhores jurados, de que isso não é vingança. Aliás, o professor Daniel, por si, seria capaz de perdoar o criminoso, pois sua formação autenticamente cristã o orienta nesse sentido. No entanto, o espancamento da Sra. France e o aborto conseqüente já se transformaram em caso público. Se hoje um soldado negligente e assassino faz abortar uma mulher indefesa, amanhã toda a sociedade correrá o risco de abortar seus melhores frutos. Se a polícia infunde terror e morte a pessoas honestas e de bem, a impunidade é o principal responsável pela multiplicação desses pães podres em nosso meio. As provas da fita são irrevogáveis. Sérgio PF é torturador frio e assassino. Que seja afogado nas grades.

17. No princípio era o caos e o soldado veio com a ordem.
Criou o fogo e gostou.
Criou dores, costelas arrancadas, maçãs mordidas e gostou.

Criou cobras, espinhos e gostou.
Matou o primeiro homem de barro.
Espancou mulheres, dissolveu crianças, chutou o cão e a lua e gostou.
Mas no sétimo dia descansou.

18. HELOÍSA

Aberto ao aborto, Heloísa,
Teu destino foi fatal, não fetal.
Infecta, jazes já sob Hélios e Ísis,
Subimpotentes à tua vontade.
Sequer Osíris te restaura o hálito
      E o hábito do óbito cumpre seu papel papal.
É o totalitarismo da morte
      que não dá trégua a teu partido.
E os vermes do cotidiano exibem seus dentes
      em santa aliança contra ti.

Nessas trevas tão claras,
      enluto-me e enlato-me.
Se a morte é o fim de todos os milagres,
Ela mesma deve suicidar-se e não deixar bandeira.
Porque tua morte milagre mil acres horas e eras
      me infunde no fundo e nas fendas do ser.

Chove sobre São Paulo, Heloísa, cega a tuas revelações.
Chove. E a chuva é a chave que abre ébria teus ossos
    sob favelas enterradas sem dinheiro
          sem documentos
          sem nome
    e que só terra têm.
Mendigos dormem ao teu lado, Heloísa,
    em chão de lodo lido pelo tempo
    e pela indiferença dos homens.
Na Sé, só a sã ironia quebra e cobra
    da imagem do Salvador a ressurreição irresoluta.
Vi policiais, sorrindo, surrando um bêbado,
    já entregue às biritas.
Outros metendo e matando outro,
    entregue às beretas.
Ah, Heloísa, como são muitas!
Baratas alojam-se no céu e no sol,
    defecando no cérebro de Deus,

cujo cadáver exímio exumam.
Mocambos aos escombros sucumbem
E se encontram contigo sem epitáfio.
Epidemias, epílogos, epidermes raquíticas
multiplicam-se sacramente
nos pães ósseos de cada dia.
A cada queda de ceia, logro o lúgubre êxito de ser assaltado
ou compor o êxodo dos miseráveis.
Ah, Heloísa, como são muitos!
Muitos sãos preferem feridas furadas aos olhos
a senti-los ou sentá-los na vasta vista.
Da Catedral aos subúrbios,
desce a chuva a invadir barracos barrocos
formando cemitérios transitórios.
Teus dedinhos bóiam em algum lugar por aí.
Graves greves de solidariedade
insulam-se e selam-me em prezados presídios
sem visita.
Sem ti, sem teu ritmo, sem teu progresso, sem teu crescimento,
regrido à gruta
e aos gritos lavro o livro do meu cárcere
para ler presos e leprosos nas letras de teu ex-nome.

19. **Profecia nostradâmica:** com um mês, já nem se falava nos espancamentos da greve. O Partido mesmo dizia ter prioridades. Os jornais só priorizam o imediato. Quem é louco para priorizar um feto estrangulado? Estudei detalhes da fita. Tinha sido mais que um espancamento. Maldade pura! France, semidemente, o olhar parado, consumida pelo silêncio, consumava-se cadáver a cada dia, a caminho da morte. A perda de Heloísa era a própria ruína da vida. Seus últimos dias de paupéria teriam feito Torquato Neto paralisar-se ou arrepender-se de seu célebre suicídio. Ela morreu sem emitir a mais ligeira, a mais microscópica reação. Nessa morte singular, tão cara aos heróis, ela me deu vidas plurais. Saí do Partido. Fiquei indo à Universidade só por conveniência. Abandonei a militância. Mas a maior militância da minha vida estava apenas começando. Enquanto não chegava o dia do mel, eu ia ruminando os dias amargos em disfarces quase patéticos. À vista de todos, era um católico praticante. Aproveitava os microfones da imprensa para fortalecer essa imagem. Comecei a organizar encontros de católicos, movimentos de renovação carismática, deixando a justiça nas mãos de Deus. Alguns alunos me julgavam decadente. O Partido voltou a me rotular de pequeno-

burguês. Enfim, eu era desbunde de uma causa coletiva, tinha-me deixado arrastar pela lama do individualismo. E era verdade.

20. Quem diria, hem, que Roma cairia?
Quem dirá, hem, que o quartel cairá?

21. Era uma vez um lugar onde tudo era salgado. Um dia as abelhas se revoltaram com as crianças e construíram um mundo só de mel.

22. No Largo de São Francisco, certa tarde, avistei Nanterre. A Orquestra Sinfônica da Paraíba, considerada a melhor do Brasil, preparava-se para um pomposo concerto. Nanterre trazia a filhinha dele e a esposa, grávida, todas acompanhando os esplendores da música. Aproveitei a ocasião para distribuir uns panfletos sobre um novo encontro carismático. O tema era o perdão e a condenação em Deus. Entreguei com elegância um panfleto a Nanterre, outro à esposa, outro à menininha. Um *cameraman* me congelou nessa hora com o advogado e como eu fiquei feliz! Vieram me perguntar como um comunista passava de repente a cristão. E eu repeti o velho chavão de que os primeiros cristãos foram os primeiros comunistas. Por isso não houve soldado romano que resistisse ao ideal autêntico de um cristão. E o Reino de Deus, no final, será o reino da doçura.

23. No íntimo, porém, eu mandava Deus todo dia tomar no cu. Que Ele fosse lamber, com sua língua universal, o caralho espinhento do Diabo. Perdão uma buceta de vaca cheia de merda. Eu vou foder esse soldadinho valente. A porra da fita só pega o filho da puta por trás. Mas o mundo é pequeno, menor é a ética de Deus. Vá lamber o mofo do cu dos aidéticos. Cristo era um doador de cu na Magna Roma. Quem ali na Galiléia não comeu o ânus celestial daquele chupão? A cara dele é cheia de barba por causa dos inúmeros pentelhos de filas de pombas que ficaram grudados nele. Viva o Demônio, com D maiúsculo. deus morreu.

24. Meu pacto com o Mal não teve qualquer mistério. Talvez o Demônio nem quisesse se aproveitar de minha sede de vingança, porque Ele segue certas regras. Não, Ele não me atentou, não veio a mim. Eu é que puxei do fundo da alma medíocre o diabolismo que me tornaria inesquecível na memória da cidade. Triunfei. Antes, eu era infeliz e não sabia.

25. Tinha uns moleques na Praça 1817 distribuindo propaganda de greve. Um convite feito pela CUT à greve geral contra a inflação e a ausência de política salarial. As mesmas coisas de sempre. Só não rasguei o papel por causa da frase do Hino da Nicarágua: "Hoje, o amanhecer deixou de ser uma tentação". Rasguei o papel.

26. À noite, sem destino pelo Varadouro, três prostitutas disseram que iam pra cama comigo até se eu pagasse. Gostei do humor delas. Peguei um táxi e arranquei para um motel. Só tinha medo de ser reconhecido como o professor de História que agora era da Ordem dos Franciscanos. Não tinha medo da aids. Nem de sífilis. Nem de cortar o cacete naqueles três antros que são a cara do mundo ao avesso do avesso. Caetano está com aids artística. Por isso degenera a música a cada lançamento. Vão tomar banho, minhas deusas, enquanto eu bato uma punheta que vai arranhar a bunda de São Pedro. Virge Maria, com santo não se brinca. Nada de camisinha, nada de pudor, estou cagando para o universo em espiral. Os toletes descem pelas curvaturas de Einstein. A bosta é a quarta dimensão do mundo. A última é o mel. O prazer absoluto.
– Esse cara é doido, Maria Antônia, bora voltar.
– Que nada, France, deixa de exagero.
Levantei, súbito, e corri ao banheiro. Coincidências terríveis, às vezes, fazem a gente se humilhar aos pés de Deus. Dessa vez foi aos pés de três prostitutas. Maria Antônia, France... e imaginem o último nome:
– Oi, meu amor, quer meter pau na sua Heloísa?
Pau. Cacete. Cacetete. Soldado. Heloísa no lixo da cidade. Nanterre com mais uma medalha. Não resisti quando France repreendeu a camarada de partido:
– Ele vai primeiro trepar comigo, Helô. Tu é nova. Ele tem idade de ser teu pai.
Caí em choro e elas ficaram meio apavoradas. A ereção morreu em instantes. Acabaram crendo que eu era louco mesmo. Queriam voltar imediatamente para o Varadouro. Mas procurei acalmá-las.
– Não sou Daniel Ortega, nem o profeta. Sou Daniel Bunda.
Ainda solucei umas sessenta e oito vezes.
Acho que elas tiveram compaixão daquele tarado inofensivo.

27. Comecei a escrever uma coluna no *Correio da Paraíba*. O tema era sempre o mesmo: recristianizar o povo brasileiro; voltar à

época dos catecismos e das confissões; cultuar a virgindade antes do casamento; desprezar a vingança e o ódio; entregar os pesares a Deus. Em sala de aula, eu só levava à frente discussões que contrariassem minha ortodoxia católica. O Partido festejou minha saída, como se não perdesse nada. Nanterre deve ter feito o mesmo. Não sei.

    28. Marcha, soldado, cabeça de papel,
        Se não marchar direito
        Vai se banhar de mel.

29. PRISÃO DE VENTRE

        Não lamentes por mim quando eu viver.
        Como meus sonhos estão indigentes!
        Constelações de úlceras fuzilam minhas utopias
        E broto bruto para a véspera do escárnio.
        O real é absurdo e abcego: para que lutar contra ele?
        Fito o feto de Heloísa,
                crescendo em todas as vias.
        Todavia, todos os caminhos dão em coma.
        Apresso os passos e migro magro para as esquinas das esmolas.
        Volto, contudo, com nada e São Paulo continua indo.
        São Paulo cresce, Heloísa, e moedas miúdas
                despejam e despojam sobre mim.
                      Sobre ti
                já despejaram o peso de Atlas
        E teu berço, amiga, é a mão que apedreja.
        É o berço esplêndido da pátria pétrea
                que te deitou eternamente.
        E tanto que eu torturei Deus, Heloísa,
                em confissões alegres,
        E Deus me prometeu acorrentado
                que teu ventre não seria comido
                        pelos bicos do aborto.
        Mas bicos de botas te devoraram nua e implume
        E eu renuncio a esse Deus sem ética e sem ótica
                que não ordenou luz sobre teu caos.
        Faz séculos que os fascículos da igualdade
                não são folheados.
        Dívidas e dúvidas
                assaltam-me e insultam-me as últimas dádivas
                estranguladas pelos dias otélicos.

Teu grito parado no ar, às portas do parto,
demonstra o monstro que começo a ser,
mudado e medido pelo Mal Absoluto!

Já ex-sou.
Não lamentes por mim quando eu viver.

30. Um dia, em feira de livros na Universidade, vi preciosidades. Uma delas era o título: *Vencer como advogado*, de Nanterre. Mas as relíquias estéticas que mais prenderam minha atenção foram os títulos de poetas marginais que prometiam muito:
a) *Vara de Touro*, de Micróbio Alves;
b) *Abajur de Da Lua*, de Chico Lindo;
c) *São teus estes boleiros*, de Rui Barbosa Neto;
d) *Câncer de próstata no pêssego*, de Paraguai.
Eram os Neovetustos. Eles não queriam apenas chocar, mas trabalhar com a linguagem e a metalinguagem, o signo e o metassigno. Não foram reconhecidos até agora, como convém aos gênios. Mas a sua revolução estética cedo ou tarde será reconhecida. É uma questão de tempo. Como são poetas saturados com a superfície do senso comum, essa questão será resolvida em tribunais do interior.

31. Queres morrer com a lição de Papillon?
Ou com formigas dentuças de Saigon?
A Baía dos Porcos é teu destino:
A doçura lá te espera, alexandrino.

32. ODE DOS ADVOGADOS DO BRASIL
Na profissão sou cínico e sou cênico.
O direito é um palco teatral.
Tanto faz o açúcar ou o arsênico.
Defendo o bem, depois defendo o mal.

33. Em casa, sozinho, me encaminhei para o quartinho de Helô. Um gigantesco ursinho pareceu me ridicularizar. Tive vontade de incendiá-lo, destruir aquele mundo que não foi. As marcas de France estavam ali em tudo. As fronhas da bebezinha, as fraldas tímidas, o berço pedindo

para ser preenchido. E France agora na cova, preenchendo o berço autêntico da filha. Quem corrigirá essa falha? É uma folha da história que não pode ser virada. Mas já viram defunto dar lucro? Já viram defunto ter direito? Ah, os Direitos Humanos! E o direito de quem morreu? De quem sequer se completou direito? France morreu por causa do cacetete no umbigo. Paris, umbigo do mundo, não prestou atenção a isso. Quem provará que sua demência veio da depressão, que veio da violência, que veio da impunidade? Já viram demência ter consistência jurídica? Meritíssimo, o réu foi absolvido por unanimidade. Festa. Nanterre confirmou sua dureza, seu asfalto inarrancável, seus paralelepípedos irremovíveis. Ora, Daniel, remova tudo isso! É uma exigência dos mortos. Deve fazer uma pequena Antares do soldado. Mais que isso. Mas que. Nem sempre. A célula inicial de um cosmo novo. A gestação daquele grande feto. Os poetas são sempre precursores. Isso mesmo. Mas... e aí? A bonequinha dela. A bonequinha que não ia ter mãe. Acalme-se, Daniel, ou paralisará o país. Quase toma o poder. Não. Pra quê? Quero só o soldado. E duas meninhas, meu Deus, completamente sem pés? Não restou um dedo mindinho para elas. O linho, o veludo, a delicadeza. Ah, aí vem seu delegado para prender Pai Francisco. Não interessa se os trabalhadores embolsaram 35% de aumento e deixaram os estudantes gritando sozinhos. Passarás, soldado, passarás. E Helô ausente, ex-bebê, ex-feto, ex-fruto, vazadouro de nada. E como assomar as insignificâncias na história? Mas à história só interessam os saltos, as rupturas grandiosas. Olhe ali: o anjo de Paul Klee dá as costas para o soldado. Soldado é progresso. Nunca houve monumento da cultura que não fosse monumento de soldado. Sérgio PF. Não dá para afogar esse cara? Ou melhor: fogar? Ele é luz feita, é engenho de Deus, é o paraíso do Estado e dos advogados milionários que se celebrizam com o impossível. Quase-impossível. Quasim. Não pode escapar. Eu descubro meios e meias para enforcá-lo. As meninhas de Helô. O passarinho de plástico que assobia. Nanterre é de plástico, artifício puro. O Estado é de plástico, é matéria-prima, é arte plástica. Os fascistas estetizam a política. E a tevê mostrou Helô sendo morta como num espetáculo. Arena de vidro internacional. Depois areia. Uma pá de cal nesse soldado. De chumbo. Parece gente. Está vivo, Helô, ele está vivo. Ele está vivo, France. Mas apenas parece gente.

34. Louvemos o Senhor.

Depois da oração, todos saíram. Fiquei ajudando o padre a recolocar as coisas na ordem de Deus. Nanterre foi à missa, como sempre, levando a mulher e a filha. A gravidez da esposa dele não me suscitava qualquer ódio. Não valia a pena ficar remoendo rancores. Aos poucos, fui entregando tudo a Deus. A mensagem especial fui eu que preparei para aquela tarde. O *Correio da Paraíba* publicou meu capricho. Cada vez mais me elogiavam nos meios clericais, morais e conservadores. Sem esposa, sem mulher, passei a cultivar a chegada de Cristo. Mas, enquanto ele não chegava, um pequeno apocalipse crescia.

35. Sérgio chegou a minha casa apavorado.
– Estou recebendo bilhetes estranhos, Dr. Nanterre.
– Que tipo de bilhete?
– Ameaças de morte. Só podem ser do professor.
Pedi para ler os bilhetes. Eram estúpidos.
– Você está com medo disso?
– E por que não, Dr. Nanterre, e por que não?
– Mas isso não faz o menor sentido:
"Quem diria, hem, que Roma cairia?"
"Queres morrer com a lição de Papillon?"
Dei segurança ao soldado:
– Acalme-se, rapaz. Primeiro, você é um cara protegido. Segundo, o professor Daniel é hoje um inútil e retardado. Você acredita que no início do processo eu tive um certo medo? Ele tinha as esquerdas por trás, os estudantes, a Universidade, os sindicatos. Mas não soube usar nada disso. E você com medo? Ora, meu caro Sérgio, Daniel está hoje isolado. Refugia-se na religião porque, inconscientemente, ele se considera culpado pela morte da mulher e da filha. É a velha formação cristã dele. E de todos nós, aliás. Mas nele é um caso patológico. A religião é um purgatório. Não tem lido o *Correio da Paraíba*? Ele é um tradicionalista patético. Que apoio tem hoje na Universidade? Foi até expulso do Partido, sabia?
Sérgio, inquieto, não tinha entregue ainda os pontos.
– Calma, rapaz. Não pode ter medo de nada. Vá qualquer domingo na Igreja de São Francisco para ver quem é o ex-todo-poderoso sindicalista hoje. Uma ruína. Um demônio de papelão que não aterroriza o mais sensível dos anjos. Os anjos dão as costas para ele. Ele é regresso.
– E como o senhor explica esses bilhetes?
– Deve ser obra de algum poetinha que ainda crê em solidariedade

e está dando voz ao mudismo de Daniel. A velha mania da esquerda de dar voz aos oprimidos.
Para acalmar de fato o soldado, li para ele um dos bilhetes que recebi.
– Olhe só que idiotice: "Na profissão sou cínico e sou cênico". Devo ter medo desse monstro de veludo? Já diziam os gregos: "A palavra cão não morde ninguém".
SPF saiu mais seguro daqui de casa. E esse foi o seu grande erro. Para mim, Daniel não tem nada de bobo. Sou profissional mas enxergo além do tribunal. Sem dúvida ele matará o soldado.

36. – Mas por que o senhor está chorando? Desabou de repente... Tome aqui uma garapa.
Mal entrei na *bonbonnière*, vieram-me lembranças de quem nem cheguei a ver. Mas senti, apalpei, alisei, amei muito. E todo o a-feto ruiu para o lixo da cidade. O lixo da periferia, o oposto do umbigo do mundo. Prateleiras cheias de bombons, pirulitos, chupetinhas de açúcar. Até aí me sustentei.
– Mas por que o senhor começou a chorar de repente? Chega, eu fiquei assustada. Beba o resto.
Apontei-lhe o pacotinho de bombons cheio de palhacinho na frente. Em cima, numa faixa escura, as letras vermelhas faziam advertência seríssima: "Colocar ao alcance das crianças".

37. Quem pode, pode; quem não pode, imagina.

38. Fui morta por excesso de continência.

39. QUARTO CRESCENTE

> São Paulo, corrosão da minha vida.
> A ti chegam por dia anos de força de trabalho,
>   cujos másculos músculos
>   derretes e derrotas.
> E os resultados são casas grandes de um lado
>   e quartos minguantes de outro.
>
> Presi-diários, colados às grades e aos grudes,
>   rebelam-se em tuas prisões
>   de ventre.

Oficiais fazem das tropas coração
   para mais um generoso genocídio.
Tolhido em meu quarto curto,
   alargo-me na lua cheia
   de privações.

E tu continuas, nua de contra-
      dições,
   vestida de engodos agudos
   que já não convencem nem na lua.

Micróbios monumentais minguam mendigos
   nos quartos-cantos do mundo.

40. Chame a polícia. O soldado bebe néctar com os deuses. Vim colocar o senhor no auge de sua carreira. Reúna a família.

41. Mas não é possível! A ironia é a grande deusa do século.
Soube que Sérgio PF ia-se formar em direito. Em breve se promoveria a delegado. Em direito? A OAB ia se manchar com aquele assassino? Não, a carreira dele era de delegado. Ia matar mais grávidas para controlar a população. Não suportei bem a notícia. Devo ter entrado em delírio, não lembro bem. Agora ia ser mais difícil pegá-lo. Meu sonho era pendurar o pescoço dele por um ciscador. Mas Deus não realiza todos os sonhos. Deus é chupão de rola de porco-espinho. Hegel descobriu que a religião cristã é uma revelação. Deus revela a cada raiar seu cu universal. Que se foda. Ainda vou fodê-lo, entupir a buceta dele de lixo atômico. Todo Deus é mortal. Os gregos tinham a religião como estética. Cristo era um criador, um artista. Dava o rabo na Palestina esteticamente. Mas logo em direito? E o direito do feto que não se completou nem conseguiu exercer plenitude de todos os limbos carnais que preenchem os elíseos de flores e marfins autenticados pela escrita automática bretoniana incapaz de pular fora do cérebro como peixe pulando do vazadouro subaquático das periferias mortas e depauperadas dos pesadêlicos aléns que não se confluem na pluvialidade maciça dos incompetentes contos de fada habitados pela trivialidade capitalista inviabilizada mediocrizada alienada reificada de todas as totalidades ocidentais fundadas sobre a jurisdição romana invadida pelos bárbaros? Socialismo ou barbárie,

já dizia a profeta que libertava a imaginação de qualquer poder e levou um tiro no cérebro no centro de Munique onde a gestação do nazismo apenas começava para Bergman depois transformar no ovo da serpente que ainda hoje perturba o sono dos judeus. Mas os russos sofreram bem mais. Quantas eslavas grávidas não foram parar nas injeções de Mengele que jamais se arrependeu de milhões de pecados mortais e correu abstruso e obtuso para a ditadura do Paraguai apoiada pelos americanos que lutaram contra o Japão que era a favor do Bunker? Mas não foi tão inútil assim o néctar e o rejuvenescimento pode chamar a polícia tua cama tá feita e eu quero ser julgado como criminoso célebre o mais célebre dos cérebros nefastos de João Pessoa paróquia que quer ser província. Polícia. Reúna a família e a linearidade do signo de Saussure a filosofia da história o humanismo a sensibilidade chame a serenidade chame a solidariedade mas em direito? chame a lógica para justificar seu sono chame a harpa egípcia do músico do faraó que vai ser tumulado com ele chame logo não estou de visita subordinada ou hipócrita vim te mostrar teus últimos segundos que não serão os primeiros no reino dos céus a menos que Leopold Bloom desça aquela escada com mais rapidez e se empenhe na reestruturação chame a polícia do derradeiro triângulo amoroso de Dublin que paira sobre a Europa chame é o comunismo tudo caído decaído toda a formação virou poema sujo e vazadouro de enfermidades.

 42. Iniciei imediatamente uma campanha de desarmamento em João Pessoa. Juntei equipes de garotos católicos para distribuírem panfletos em todo canto. Jornais vieram em cima, as tevês choveram curiosidade. A solenidade de abertura foi em São Francisco, onde dei aula sobre a originalidade barroca do prédio e verdadeiramente encantei multidões com um coro de crianças órfãs que formei com êxito. A palavra de ordem da campanha era fraternidade. Perdão, amor ao próximo, esses chavões idiotas que há dois mil anos ecoam em ouvidos surdos. Nanterre estava presente em todas as sessões de hipocrisia que eu coordenava. Comecei a desconfiar daquele advogado magistral de feticidas. Mas acho que ele não percebia minha distância entre intenção e gesto. Só acho. O futuro ao mel pertence.

 43. Ganhei um prêmio da Prefeitura como pacifista. Prêmio Nobel da Paz na província. Que a província vá encher o cu de formigas

carnívoras. Estou cagando na tua cabeça de bagre. Mas estava gostando da repercussão da campanha. Meu nome começava a se projetar nacionalmente.

44. Chame a polícia. Ela vai ver o senhor no auge de sua carreira.

45. Hoje foi um dia pesado. O tribunal muito tenso. Tive mais uma vitória, o promotor é um débil. Mas estou muito cansado. Leila está dormindo. Tenho medo de que Yara caia do beliche. Como ela ficou alegre com o conjuntinho novo que comprei para ela! Como eu amo essas duas! Faço tudo por elas. Aliás, como amo as três! É, três! O médico revelou tudo hoje. Leila está grávida. Talvez Yarinha fique com ciúme, mas eu contorno. Não admito que Leila vá à praia sozinha e fique com o bucho crescendo exposto. Isso pode manchar minha reputação. Advogado tem muitas máscaras. Só aqui, essa hora, me liberto, me absolvo. Mas Leila anda reclamando de minha falta de tempo. Ora, ela tem que entender.

46. Sem perder a ternura jamais? Mas eu não vim fazer nenhum mal ao senhor. Chame a polícia. Vai me matar? Quem sou eu para matar um semideus! Reúna a família. Quero que ela veja o senhor no auge de sua carreira.

47. A imprensa estava me deixando sem privacidade. Todo dia eu tinha que dar entrevistas sobre o sucesso absoluto da campanha. Professores de música me ajudaram a formar novos corais. Professores de letras me ajudaram na redação de muitos textos sobre desarmamento, paz, renúncia à violência e à vingança. Aí veio a hipocrisia maior: a polícia civil me convidou para dar uma palestra para os seus soldados. E eu fui. Eram centenas. Entre eles estava o Sérgio, óculos escuros, palito na boca, camisa meio desabotoada. Eu detesto óculos escuros. São uma infâmia. Uma arma unilateral, um crime ao olhar. Mas não deixei transparecer uma gota única de minha miséria interior. SPF ia ser afogado em mel.

48. – Chame a polícia.

49. Daniel só pode ter ficado louco mesmo. Ou é um artista perfeito. É incrível como ele se empenha nessa campanha absurda, com uma convicção

inabalável. Qual a intenção dele? Sérgio continua recebendo bilhetinhos anônimos. Certos grupos da polícia têm me pressionado para eu investigar a origem dos bilhetes. Mas como vou chegar até Daniel? Ele está nos jornais todo dia como pacifista. Acusá-lo de qualquer coisa é absurdo. É mobilizar a opinião pública contra nós. E esses bilhetes não vêm de Daniel, tenho certeza. Só pode ser algum poetinha querendo confundir Sérgio. E Sérgio está com medo! Da última vez, procurei acalmá-lo de novo. Um jovem com uma carreira brilhante, prestes a ser delegado (verdadeiro auge nessa província), não deve se afogar de medo. Ora, o passado é arquivo.

50. Matar? Eu fui um dos líderes da geração 68, Dr. Nanterre, não se lembra? Eu dei uma chance à paz. Eu aprendi a ser duro, mas sem perder a ternura jamais. Chame a polícia. O senhor é um semideus da retórica. Não me decepcione, por favor. Vim colocar o senhor no auge de sua carreira.

51. ODE AOS DOMINADORES

> Édipo era o Rei.
> Mas Tebas tinha sete portas.

52. Liguei a televisão, em casa, para me distrair. Mas a programação estava péssima e comecei a mudar de canal. Num deles passava um velho filme nacional, preto-e-branco. Numa cena, um mendigo chegava a um homem de paletó, num restaurante, e lhe pedia dinheiro para comprar um pão. E o ricaço respondia:

— Já são quase doze horas. Se você comer um pão agora, você não almoça.

Mudei de canal. Juca Chaves contava uma piada sobre Roberto Carlos:

— Ele estava em seu iate *Lady Laura*, com louras européias, caviar, champagne, vinho importado, mas só queria saber de pescar. Jogou o anzol na água e ficou esperando. Daqui a pouco, passa uma jangada com pescadores. Pescadores bem pobrezinhos, mas bem pobrezinhos mesmo, mas com peixes enormes. O Roberto puxa o anzol e só pesca um peixinho de nada. Aí diz: "Como a natureza é ingrata! Uns com tanto e outros com tão pouco..." E tristemente voltou a comer sua lagosta.

Mudei de canal. Outro filme antigo, outro pedinte:

– Doutor, eu não comi ainda hoje.
E o deputado:
– Não poupe dinheiro não. Vá comer.
Mudei de canal. O senador Vital Claro apresentava um plano para acabar com a fome em dois dias:
– Como, senador?
– Só é o povo se acordar depois do almoço e ir dormir antes da janta.
Mudei de canal. A Faculdade de Direito entrava em mais uma semana de formaturas. Sérgio PF era um dos novos defensores do Direito e da Justiça. Não sabia ele que ia conhecer a lei de Papillon.

53. Matar Sérgio PF com torturas especializadas dominou inteiramente meu cérebro. Ainda mais quando abri uma gaveta de France e encontrei o primeiro poema de amor que lhe fiz. Era um texto só nosso, sem pretensão literária:

EM SEQÜÊNCIA

Primeiro tira um mundo de roupas
Que cobre o desejo,
Tira o desejo que o mundo cobre
E cobre-te apenas com o meu olhar.

Depois aproxima-te de mim,
Cobre-me com um olhar que deseja o mundo
E tira um mundo de desejos
Que trago sob as roupas.

Agora descobre o cobre
De minhas pupilas brilhantes,
De meu suor noturno,
De minha volúpia que vai até de manhã.
As estações se abrem para nós,
Enquanto nos fechamos um no outro.
Vem assim despetalar minhas violetas,
Desvirginar meu cálice.

Vem provar de minhas uvas,
Vem sentir como o vento, inconformado,
Quer me sacudir sobre teu corpo.

Quer que eu caia vibrante
Em teus seios, cujos bicos hei de castigar
Com um carinho de paloma,
Com o êxtase palpitante dos dedos.

O sol opressor de meus dias
Se derreterá em teu corpo de neve,
Nos lagos de teu ventre.

De teus braços hei de fazer
Dois longos fios de trigo,
Dois chicotes de grama
Se enraizando em meu tronco.
Por fim,
Entre tuas coxas,
Que são cedros de carne,
Passará a seiva de minha árvore,
Nosso segundo sangue,
Nossa alegria bipartida,
Nossa agonia de dois.

    Como vêem, um poemeto bobo, adolescente. Depois do golpe dentro do golpe, passamos a viver mais nossa vida. A Revolução seria em casa, educando Helô. Não queríamos mais nada. A burguesia podia ficar em paz. Minha atuação no Sindicato não ameaçava estrutura alguma. Quem já viu intelectual mudar a História? No máximo, reivindicávamos melhores dias. Mas revolucionar? A derrubada do Muro, então, enterrou o resto e o rosto da Revolução. Eu e France debatemos muito isso: havíamos regredido à consciência burguesa e Helô seria nossa Estação Finlândia. Todo o poder a Helô! Operários de todos os países, a Pichototinha está para nascer. A Pimpolhinha de Lênin, o ciúme de Krupskaya, a nova Rosa, Helô ou Barbárie! Brincávamos muito, ela seminua em casa, eu alisando aquele globo de mistério em que parte de mim crescia. No século mais desencantado da História, o olhar humano só pode contemplar três obras-primas: a) qualquer filme de Charlie Chaplin; b) qualquer quadro de Salvador Dali; e) e o drible de Pelé no goleiro do Uruguai, em 70. Três gênios absolutos povoavam nossos dias, visitavam nossos fins de semana. Helô seria a quarta obra-prima do século. Mas sua visita foi cancelada. A justiça cancelou a pena. A lei de Papillon tinha que entrar em vigor.

54. ODE AOS DOMINADOS

Tebas tinha sete portas.
Mas Édipo era o Rei.

55. ou seja, hipócrita: pode chamar a polícia. Não vou lhe fazer nenhum mal. Mas é bom ter precaução. O amanhecer deixou de ser uma tentação? E quantas gargantas gogas gargarejam orgasmos em madrugadas de gala? E quantas goelas gorjeiam desgostos? Ora, Nanterre, matar você? Fomos líderes em 68, não se lembra? SPF já dorme na Ilha do Diabo. Mas você? Sequer vou tocá-lo. Chame a polícia. Afinal, o século se acabou. O século vinte nasceu com a União Soviética e morreu com ela. Será que nossos líderes ainda são os mesmos? Em casa com Deus, hem Nanterre, contando os metais. Mas esse não é o quadro que dói mais. Você defendeu um assassino frio de dois seres humanos. Chame a polícia. Hipócrita. Você não precisa de lição de moral. Está ouvindo lá fora? Testemunhas populares querem ver o célebre advogado. Pessoas carentes. Você tem que dar uma ajuda a elas. Por favor, Nanterre. Chame a polícia.

56. Marquei presença na formatura do soldado. Já estava com tudo para matá-lo. Na Mata do Buraquinho, sem que me vissem, cavei um enorme buraco e deixei tudo pronto, na noite anterior. Mas como levar o soldadinho até lá? Ainda mais, tinha um professor dando aula da saudade. A platéia sucumbiu em silêncio para ouvir o mestre. Eu já sabia que ia ser balela e me retirei. Muito tempo depois, para este depoimento, é que recuperei o discurso com o professor. Um sonhador imbecilóide:
"O convite que me foi feito inflama a vaidade, a autocontemplação positiva, o narciso que todos nós carregamos, tão alimentado pelas ilusões individualistas da sociedade de consumo. Mas vou ser o menos pessoal possível neste pronunciamento, para não ficar como aquele mendigo de Machado de Assis que achava que todo navio que entrava no Porto do Pireu era dele. Contudo, não posso deixar de registrar alguns eventos marcantes da sala de aula que envolveram diretamente minha sensibilidade.
"Um primeiro ponto importante a refletir neste momento é a situação da própria Universidade. No que se refere ao curso de direito, tenho notado que uma parcela significativa de alunos não tem amor

filosófico pela leitura. Ora, Universidade, sobretudo em humanística, não é uma escola técnica. Universidade é a vanguarda do pensamento crítico em qualquer país. Por isso, uma aula não pode reproduzir o Xou da Xuxa, o caminhão Kolynos do Faustão, a Radical Chic, enfim, o que o poeta Glauco Mattoso não hesitaria em chamar 'Tolice no país das maravilhas'. Todo esse senso comum, profundamente superficial, tem que ser extirpado de nossas relações acadêmicas. O que tenho percebido, porém, é ainda a predominância da mediocridade que se projeta na falta de participação crítica em sala de aula, no nível das provas, nos resultados obtidos. Onde está a chamada consciência estudantil para abrir confrontos, questionamentos? O que impera hoje é o poder na imaginação. O poder da mídia, o poder do consumo mais barato e fácil, o poder do imediatismo, tudo isso afetando a órbita da produção do conhecimento, a qual não pode nem deve ser regida pelas mesmas leis que regem a produção de um carro, um relógio ou uma bomba atômica. Conhecimento crítico é refletir dialeticamente sobre a totalidade das relações sociais e do próprio conhecimento. Para ilustrar essa questão, lembraria dois fatos deprimentes que vi aqui:

a) Numa noite, em quinze minutos da primeira aula, faltou luz. Em pouco tempo, este Centro se esvaziou: uma verdadeira procissão de alunos pegava carona na escuridão e fugia da aula. Em menos de dez minutos a luz voltou e os únicos aqui eram os guardas-noturnos e os grilos.

b) Num outro dia, tive a sorte de flagrar um professor dando aula assim: citava as frases de um livro e os alunos copiavam. Parei em frente, pensando tratar-se apenas de um episódio da aula. Mas foi a aula inteira citação e cópia e ninguém questionou. Ora, pensei cá comigo, desse jeito eu dou aula de Mecânica Quântica em qualquer pós-graduação do mundo.

"A que se deve tanta negligência? Questão salarial? Falta de expectativas depois da formatura? Milhões de brasileiros, de fato, assemelham-se hoje àquele personagem de Dyonélio Machado cujo projeto de vida é procurar dinheiro para pagar o leite do filho. Mas lembremos que passamos por uma Universidade e isso é privilégio num país onde traficantes se vestem de policiais e fazem blitz, o fantasma de Colombo continua a massacrar nações indígenas e chacinas se multiplicam sob os braços estendidos do Cristo.

"Não sou da opinião ingênua de que a educação é que transforma a sociedade. Mas um sonho progressista não faz mal a ninguém, nessa aldeia global de futilidades. Se achamos inútil lutar contra o sistema de injustiças porque o país é subdesenvolvido, vivemos na ópera do malandro e o brasileiro só é solidário no câncer, é melhor fazer como Macunaíma e preferir o inútil das estrelas. Pelo menos é uma solução poética.

"Tenho para mim que o maior crime contra a humanidade é deixar de sonhar. Não me refiro a sonhos byronianos que se abstraem da realidade, mas a sonhos no próprio cotidiano, agindo na sala de aula, no trabalho e nas ruas como um torturado do Santo Ofício que disse: 'Há um mínimo de dignidade que o homem não pode negociar!' Esta é a bandeira de luta em qualquer relação. Sem ela, não precisamos de humanidade; precisamos apenas de máquinas".

Vejam só, um imbecilóide. Mas não é por isso que ele foi aplaudido. É pelo que descobriram depois (e talvez alguns formandos já soubessem). Aquele professor era inteligente. Era um torturador frio. Serviu ao regime militar como delegado e torturava guerrilheiros lendo o Sermão da Montanha.

57. DEPOIMENTO

Quando o esperma de Deus
                 atravessou minha boca,
Em abril de 1964,
Lá estava, pendurada, em minha garganta,
A Santa Inquisição.
Os Papas concorriam
      para chupar o clitóris
          de minha goela,
Enquanto meus poros vomitavam
        sangue
        e suor
        e vísceras
        e amígdalas,
Tudo engordando os tesouros da Igreja.
Chega, no entanto, um general
E felizmente me condena à Cadeira do Dragão.
Nunca presenciei um fim tão triunfal
        de mim mesmo.
Jamais as ruas da prisão se encharcaram tanto

>   de minhas geléias.
> E, depois que os bandeirantes pisaram e estupraram
>   minhas fronteiras,
> A sombra do pênis de Deus, calma,
> Voltou a pousar sobre as águas.

58. Quando voltei ao auditório para vigiar Sérgio, o torturador continuava dando sua aula da saudade. Dirigi-me ao prédio de Letras, para matar o tempo. E parece que esqueci de Sérgio, quando o orador das turmas começou a falar. Consegui com ele o texto integral, que reproduzo neste depoimento:

LITERATURA E POBREZA

Em 1964, Murilo Mendes criava uma voz lírica que dizia assim:

> "O medo medra o medo merdra
> o medo poroso o medo contagioso o medo rotativo o
> medo definitivo
> sobrevivente ao fim do mundo,
> carne e osso de medo, anterior ao átomo".

Uma visão poética parecia antecipar-se ao historiador mais lúcido: uma atmosfera de medo desabaria sobre o país, tornando-o pobre e impotente para resistências significativas, enquanto o terror ocupava todos os espaços, materializando-se por tempo indefinido, como se fosse anterior à própria matéria. O terrorismo de Estado, que arrancou os véus de um país pacífico e cordial, procurou monopolizar tudo, inclusive a palavra poética, de público tão restrito em meio a milhões de miseráveis que ficam esperando aumento desde o ano passado para o mês que vem. Acontece que essa minoria que escreve tem o privilégio de pensar, refletir, seguir alternativas. E, mesmo em seus espaços tão restritos, os escritores, confirmando Engels, podem escrever mais verdades em sua ficção do que todos os ideólogos burgueses juntos. Por isso a intolerância do golpe, sobretudo depois de 68, fez por onde invadir até intimidades e congelar o pensamento crítico escondido até nas cavernas do inconsciente. Mais ou menos como diz outro poeta, Sérgio de Castro Pinto, sobre as palavras reprimidas:

> "melhor escrevê-las
> em portas de mictórios".

Hoje, tornou-se obrigatório o resgate dessa memória histórica e cultural tão notável, das maiores do século, no entanto pouco explorada em nossos currículos e em nossa estrutura educacional, que ainda são, de certa forma, heranças obscuras do regime militar.

Mais do que nunca, a literatura brasileira contemporânea, no melhor de suas realizações, radicalizou a leitura crítica de um país até ontem visto com inofensivo em seu berço esplêndido, um oásis de ordem e progresso num mundo arrasado pelo caos e pela barbárie. Não que a tradição de nossa literatura tenha se esquivado de incumbência tão séria. Mas o fato novo trazido pelos contemporâneos, além daquilo que, no plano estético, Antonio Candido chama de "verdadeira legitimação da pluralidade", é a intensidade e a crueza que permitem um novo mapeamento do país.

Essa necessidade de mudança radical na representação literária do país não é fruto apenas de iluminação de mentes privilegiadas que decidem, subitamente, revisitar o Brasil e desmascará-lo sem tréguas. Não é um personagem rústico de Guimarães Rosa, um marginal de João Antônio ou um guerrilheiro de Antônio Callado, tomados em si, que apontam a necessidade de preencher lacunas inexploradas de nossa realidade, mas o seu conjunto, compondo uma pluralidade inédita em nossa tradição, que dão a medida da pertinência dessa geração de escritores, sempre empenhados em redescobrir o Brasil, especialmente quando abalados por contradições gigantescas que parecem não caber na própria imaginação literária.

Personagens de Rubem Fonseca, Murilo Rubião, Ivan Angelo, entre outros, parecem perguntar: quem somos nós? Uma pergunta que é uma assombração constante. Que está no monólogo de marginais ou de guerrilheiros marxistas que carregam leituras alexandrinas nas costas, como aqueles do romance *Bar Don Juan*, que acreditavam que, saindo do Rio para Corumbá, atrairiam as massas rurais e desencadeariam uma guerra popular chinesa ou um foquismo cubano em solo brasileiro. Acontece que o Brasil não é a China nem Cuba. E os guerrilheiros, por isso, contra a vontade de uma formação marxista dogmática, fazem o papel de novos Cabrais, impressionados com realidades tão extensas que eles têm que desbravar, o que complica e frustra seu imediatismo.

Se mudarmos do campo para a cidade, a paisagem muda conosco. Mas a necessidade de desobscurecer a compreensão do Brasil se mantém intacta e desafia as licenças poéticas mais espirituosas.

Como têm se comportado nossas letras face ao desafio permanente? Hoje corremos o risco de cair na rua e morrer atrapalhando o tráfego ou ficar como aquele personagem de Dalton Trevisan que é depenado e mal tem direito a uma vela. O individualismo cresce e as pessoas passam a ter medo da solidariedade. Aberrações do cotidiano, às vezes, exigem apenas um retoque de leve do artista.

O jornalista Álvaro Caldas, preso em 1971 pela Operação Bandeirantes, conta um episódio potencialmente literário no mais banal cotidiano do presídio. Ao sair para tomar banho de sol no pátio externo, deparou-se com um coelho dentro de um tambor de lixo. Lembrou-se então de um conto de Julio Cortázar em que o personagem vomitava coelhos e os guardava no armário, com vergonha de mostrá-los às pessoas. Álvaro Caldas não está delirando e tem consciência de estar vivendo uma situação real. Mesmo assim, lembrando da viagem de tortura que teve de fazer há pouco, acrescenta que Kafka, Buñuel e outros mestres do fantástico e do surrealismo levariam um bom tempo para se adaptar às prisões brasileiras.

Nossa literatura não fecha os olhos ao agigantamento dessas contradições. Não deixa de protagonizar, por exemplo, os herdeiros de Médici, aquele presidente de olhos azuis, simpático, que acompanhava jogos no Maracanã com radinho de pilha, enquanto empalavam Mário Alves e jogavam Rubens Paiva, com uma placa de cimento nos pés, no meio do mar.

Em termos humanísticos e éticos, temos toda uma narrativa de protestos contra o silêncio predatório. Se mais de quatro mil peças de teatro sofreram proibições, não se sabe ainda o número de contos e textos menores silenciados pela violência do Estado. Violência que às vezes não seleciona seus alvos e censura trechos de Chapeuzinho Vermelho ou Mônica tomando banho nua, talvez para não abalar a tradição, a família e a propriedade de Cebolinha.

Apesar de a violência direta e física ser um terror que gostaríamos de extirpar do mundo, insisto em travar a seguinte polêmica: enganam-se aqueles que pensam que os piores crimes da ditadura foram as torturas e as perseguições. Os piores crimes da ditadura foram os que ainda hoje sentimos na pele: ao lado do aprofundamento de uma miséria histórica, sem Prometeu que preveja e denuncie, descrença, niilismo, desgaste rápido de perspectivas, inversão fulminante de valores humanos. Cazarré é assassinado dormindo em seu apartamento por uma bala perdida, marginais da droga dizem que vão apurar o caso e punir os criminosos;

meninas são mantidas em cativeiros na Amazônia e prostituídas; derrubar uma árvore é crime inafiançável, mas matar um ser humano é afiançável; o Estatuto da Criança, assinado pelo Senhor dos Descamisados, parece ter aumentado o número de menores abandonados. Tudo isso é a literatura jornalístico-fantástica de um Brasil que já tem ecos de pós-moderno e pessoas cumprindo a sinistra profecia de Figueiredo: "Vocês ainda terão saudade dos militares".

De fato, que saudade daquele 1º de abril, quando um general anunciou: "Almoçarei a esquerda antes que ela me jante".

Que saudade da Transamazônica, um dos maiores fantasmas de nossa história, talvez só superado pelas filas de cheques-fantasmas do PC Farias, entre eles os dois milhões e meio de dólares, não para derrubar árvores milenares, mas para cortar as gramas dos jardins suspensos da Casa da Dinda.

"Não se assustem, Senhores, é a realidade pura!", diria Otelo outra vez, diante do estrangulamento do Brasil. A fissão entre o real e o ficcional passou de fissão nuclear a periférica, arrastando tudo. O Rio de Janeiro continua lindo, atraindo até arrastões. Se a vida imita a arte, em quem acreditar daqui por diante, se ética, humanismo, direito, cidadania, respeito, são palavras recolhidas em dicionários envenenados?

Assistimos hoje a uma malandragem em cadeia, lutando para apodrecer todas as relações. Daí a decepção daquele malandro de Chico Buarque que vai à Lapa e perde a viagem: seu lugar está tomado por malandros federais.

Em quem acreditar? A televisão mostrou, um dia desses, um episódio que daria um excelente conto de Moacir Scliar, Murilo Rubião ou Loyola Brandão. Um embaixador árabe, em Brasília, ao ir pagar a conta do parto da mulher, no hospital, assustou-se não com a despesa em si, mas com um detalhe à parte: o recém-nascido filho de Alá, já contaminado pelo jeitinho brasileiro, tinha tomado cento e setenta e uma injeções. O árabe pagou a conta, não fez questão e, num misto de humor e sotaque arrastado, disse: "Só ter medo que meu filho, quando ir mamar, botar leite por todo canto".

Essa mesma TV, em 89, quando instituições de direitos humanos, no Exterior, exigiam justiça pelo assassinato de Chico Mendes, mobilizava a opinião pública nacional com a pergunta: "Quem matou Odete Roytman?"

Ainda cabe à arte essa tarefa ética de revelar, através de mentiras bem contadas, a realidade histórica. E manter sua capacidade de, da mesma forma que a arte grega fascinava um Marx no século dezenove, continuar exercendo fascínio com uma linguagem que não se reduz a essa mesma realidade histórica. Por isso, por mais que o mundo se desnude em fraturas expostas, a literatura guardará seu sentido e sua ontologia, que desde Platão ninguém explica o que é e não há bom leitor que não entenda. Não há quem não se toque, por exemplo, com o sonho do Coronel Ibiratinga, em *Quarup*: a solução para o Brasil é queimar hereges: falta uma inquisição em país tão tolerante.

A geração dos caras pintadas, se não for um simulacro a mais da TV, talvez ressuscite alguns valores humanos mais sólidos. Por ser fruto de novas conquistas, poderá abrir a consciência bem mais que nós. Ao mesmo tempo, o desgaste da modernidade, especialmente sua versão de progéria no Brasil contemporâneo, não contribui para o florescimento de qualquer ideal transformador.

Em quem acreditar? Talvez por esse vazio é que sete defuntos tenham recebido aplausos no coreto de Antares: falaram mais verdades do que todos os vivos juntos.

Em quem acreditar? Devemos cultivar os caras pintadas e mais uma vez, por catarse, adiar a desilusão? Ou chegaremos em breve ao Cobrador de Rubem Fonseca, cobrando a bala o que não temos, enquanto o Governador se veste de Papai Noel?

Em quem acreditar? Indagado sobre a importância do pós-moderno no Brasil, um intelectual disse: "O Brasil é um país com cento e cinqüenta milhões de habitantes e cento e quarenta milhões de cabeças de gado. É quase a mesma coisa. Mas você já viu alguma cabeça de gado abandonada por aí?"

Nem o pós-moderno, que quer pôr à força as perninhas de fora, se sustenta. A transformação da violência de um país em objeto de apreciação pública, como no conto "A casa de vidro", de Ivan Angelo, parece ter criado o único valor permanente.

Nossa literatura, dos anos 60 para cá, tem procurado dar respostas a um contexto de crescentes incertezas. Nesse ponto, cabe no quadro da melhor produção cultural brasileira, questionando em que aspectos realmente evoluímos. Não é de estranhar que vários escritores se voltem para o passado para verem nele o nosso presente, ou vice-versa. Um personagem de Rubem Fonseca, temendo o crescimento da miséria, tem medo de que o Brasil se transforme num "terrível pátio de Versalhes, onde se fazia, na noite da caça, a distribuição de carne aos cães famintos. Pátio pequeno, bem pequeno, que devia parecer um abismo de sangue, um poço de carniça. Um balcão interior permitia às belas damas olhar à vontade e aspirar seu perfume".

Junto com outros deputados da mesma câmara, este orador recusa a violência e a pena de morte, em defesa dos grandes princípios cristãos da nossa civilização. No entanto, como os outros, este deputado é dono de escravos e quer uma solução para a fuga dos negros. "A recusa dos carniceiros", um dos contos mais recentes de Rubem Fonseca, adota linguagens e situações do século dezenove, sendo escrito hoje. Da mesma forma, "A teoria do medalhão", de Machado de Assis, é um texto do século dezenove que parece ter sido inspirado em situações de hoje, como demonstram as palavras do pai que faz a cabeça do filho: "Podes pertencer a qualquer partido, liberal ou conservador, republicano ou ultramontano, com a cláusula única de não ligar nenhuma idéia especial a esses vocábulos (...). Quanto à matéria dos discursos, tens à escolha: – ou os negócios miúdos, ou a metafísica política, mas prefere a metafísica".

Esses textos mostram o quanto se petrificaram muitas de nossas relações sociais e como ainda continuamos pobres em termos de cidadania. E que, apesar de tudo, tudo, tudo o que fizemos, ainda somos os mesmos e vivemos como os nossos bisavós.

Trovões de aplausos sacudiram o auditório. Mas não foi por isso que Júnior foi aplaudido de pé.

59. O FUTURO TE GUARDA

Quando entrei para a Universidade, sorridente,
Com o futuro mais próximo,
O guarda me olhou com sua blusa azul e boina preta.
Meus horizontes se abriram até a Muralha da China.
Dormi no túmulo de Lênin
E o capitalismo quedou.
A exploração estava no fim, o socialismo avançava,
E o guarda ali, de blusa azul e boina preta.

Aprendi lingüística, falei de comunismo
Em muitas línguas vivas,
As multinacionais agonizavam,
E o guarda de blusa azul, boina preta.

E assim foi sendo. Toda vez que o currículo aumentava
E os reacionários recuavam, o guarda não passava
De blusa azul e boina preta.

Finalmente, quando fiquei doutor
(E a burguesia já estava morta),
Fui procurar emprego
E o guarda tinha acabado de morrer.
Hoje, com o futuro nas mãos, estou aqui,
De blusa azul e boina preta,
Olhando para muitos sorridentes
Que chegam à Universidade.

60. Na solenidade de Direito ainda faltavam três oradores. Um deles era PF. Fiquei perambulando ali por perto. Ia segui-lo noite adentro. No jardim do centro, havia uma mocinha chorando entre as árvores. Sentada, recolhida, tinha seus dezenove anos. Talvez um pouco mais. Estava chorando. Já estava escuro, mas me aproximei. Meu Deus, como ela era linda! Me lembrou outra, idêntica, assassinada tempos atrás. Cheguei mais perto:

– Por que está chorando? Posso ajudar?

Ela se assustou um pouco com minha presença:

– Padre! Que faz por aqui?

– Sou ligado à carismática, mas não sou padre.

– O senhor não é aquele que organiza corais de órfãos, faz campanhas de paz, coisas assim? Que faz aqui?

– Estou procurando um colega para dar um grande abraço. Ele está se formando hoje. E talvez de hoje não passe.

– Talvez de hoje não passe?

– É que meu abraço será tão emocionante, que possivelmente ele não escapa.

Ela conteve o choro e se alegrou um pouco.

– Vou fazer aborto. Não quero, mas é o jeito. Só assim eu mantenho o emprego lá em Vitalzinho.

– Alguém da família?

– Não. Vital Júnior, o orador de Letras. Ele me pediu para escrever o discurso dele. Eu disse que não. Ele me ameaçou de demissão.

– E você aceitou e agora está em crise de consciência.

– Aceitei. Mas pedi a um jornalista pra escrever o discurso. E eu não tenho como pagar ao jornalista, que cobrou caro. Se não pagar,

ele abre escândalos nos jornais e Vitalzinho manda me matar.
– Não seja ingênua. Não é assim que se mata alguém.
– Não seja ingênuo. Júnior é filho daquele senador ligado à TFP e tem fábrica de armas e milícias particulares. Meu feto, que é dele, não vale nada. E eu sou uma empregada na indústria bélica.
– Decerto, estava lá aplaudindo o discurso.
– Como todos. Nem todos. Há aqueles que crêem no que ele escreveu, que fui eu, que foi o jornalista. Mas é minoria. A maior parte é platéia comprada. E vários formandos, que não têm para onde ir, vivem de promessas de emprego do senador. Vão sair da literatura para a fábrica de armas. É o maior negócio do mundo. Literatura é pobreza.
– E você já trabalha lá, ganhando uma roupinha à custa de cérebros esmagados na Ruanda.
– Já estive em posição melhor. Participei, como secretária, de reuniões do pai dele com o superior dele, Mr. Methal, americano radicado em São Paulo. Estão sempre inventando guerras para a indústria prosperar.
– E você está chorando por quê? Ora, você mesma... como é seu nome?
– Heloísa.
Súbito, dei um pulo para trás.
– O quê?
– Heloísa. Heloísa France.

61. ETERNA INFÂNCIA 70

Ao poeta Alex Polari

Eu tinha uns sete aninhos
Quando vazaram os olhos de Eduardo Leite
Ganhei meu primeiro trenzinho
Quando a linha de ferro entrou nos eixos
Quebrei pela primeira vez o narizinho
Enquanto eles quebravam caras

Acho que ainda mamei em mãinha
Quando Yara Yavelberg deu um tiro no peito
E nunca mais me esqueci da infância
POR MAIS QUE CRESÇA e a tirem de mim

Eu tinha uns sete aninhos
Quando vazaram os olhos de mãinha

Ganhei meu primeiro peito
Quando os eixos de ferro entraram na linha

Quebrei pela primeira vez meu trenzinho
Enquanto eles quebravam narizes
Acho que ainda mamei leite
Quando Yara Yavelberg deu um tiro na infância

E nunca mais me esqueci dos caras
POR MAIS QUE CRESÇAM e atirem em mim

62. Não fui às solenidades de formaturas. Muito processo emperrado por aqui. Leila já está dormindo com os bébos. Amanhã é Dia D para mim no Tribunal. O maior desafio da minha vida. Leila tem razão em dizer que não tenho tempo pra ela. Vou ver se diminuo mais o número de clientes. E se dou um corte de vez em Sérgio, que já está enchendo. Ele esteve quase agora aqui. Estava bêbado, num carro, e com medo de Daniel. Ou seja, dos bilhetinhos, que continuam chegando. Me mostrou um assim:

DEPOIMENTO

em abril de 72,
quando Cristo mergulhou em minha Vagina,
sua coroa de espinhos,,,,,,,,
usada biblicamente pelos militares,
saiu rasgando meu vente, meu ventre,
já cheio das cicatrizes de Alex Polari,
as pernas metratratralhadas do Araguaia,
ainda hoje dói
   mas co-mo
     doi di-mais

Eu disse a ele que aquilo era coisa de comunistinha sem parâmetro. De poetinha com a doença infantil ridícula hoje em dia. E que Daniel não ia arriscar sua reputação junto à Igreja, à Universidade e à Imprensa com essas tolices. E que ele parasse de demonstrar temor, senão não seria promovido a delegado. E que... Não adiantava. Ele estava podre de bêbado.

63. Chame a polícia. Reúna a família. Não vou tocar um dedo no senhor. O mal absoluto não tem ética nem limite. Mas ainda creio na

justiça e na esperança. É tudo uma questão de honra. Por obséquio, Nanterre, deixe de medo e seja educado. Faça o favor de chamar a polícia.

64. Caxias, Barroso, Rio Branco, D'Eu e Isabel, SPF.
Cultivo-os com convicção inabalável.
Eu também sou herói, sobrevivo ao tempo.
Meu nome é Mentira.

65. DEPOIMENTO

    Em dezembro de 68,
    Pediram permissão à luz dos cardeais
    Para me masturbarem eletronicamente.
    Mas a Inquisição chegou a tempo e disse,
    Com os lábios brilhando de esperma de porco,
    Que eu era sagrado, a Ela pertencia.
    Pelo mau hálito de todos, brigando pela minha posse,
    Deduzi que tinham beijado a hóstia
        de Santa Maria.
    Aí 5 oficiais, descendo do trem com dis-ci-pli-na,
    Me enfincaram onde eles mesmos não sabem:
        também são instrumentos.
    Hoje, não vendo ninguém
        com os olhos de Eduardo Leite,
        com o pescoço de Wladimir Herzog,
        com o corpo de Elenira Rezende,
    Só sinto Deus se masturbando de mim
        por séculos e séculos.

    Até que o Apocalipse se aproxime
    E descubra que não será novidade.

66. DEPOIMENTO

    Quando Deus vomitou em meus olhos,
    Em junho de 1970,
    Guadalajara em peso invadiu minha prisão
    Para me torcer.
    Minha cela, uma minifilial
        do Inferno,
    Há tempo não recebia tantas visitas fraternas.
    A bondade daqueles tempos está nos chutes de Pelé

na minha cara,
nas traves em que fiquei estirado,
nas faltas sem barreira,
no estádio de milhões.
Queriam me fazer de gramado,
Mas graças ao amado Deus chegaram os agentes
      da Inquisição.
10 freiras foram logo gritando
Para a torcida que pulava em cima de mim:
"Não é assim que ele deve ser salvo.
Só nós, que somos divinas,
E que acabamos de chupar o pênis de Jesus Cristo,
É que podemos salvá-lo".
E me arrastaram, com as costas de Gregório Bezerra,
Para a fogueira de tochas
      e troféus.

Hoje voam minhas cinzas sobre o Atlântico,
Em duzentas milhas caladas.

    67. Segui o fusquinha de PF cuidadosamente. Ele ia à casa de Nanterre, sem dúvida. Eu já havia marcado na Igreja, com os discípulos da carismática, uma manifestação em frente à casa do advogado, na Praça da Independência, na manhã seguinte. Nada podia falhar. A manhã seguinte. Belos filmes passavam em minha cabeça. Arte, poesia, dança, filosofia, teatro, criatividade, tudo perdido. Eu tinha que esquartejar o soldadinho em minúcias. Ele parou exatamente na casa de Nanterre, número 1964. Pela primeira vez me veio à cabeça que Nanterre poderia ter sido um falso líder, um informante, um infiltrante. Não importa. O presente tinha que ser vingado com cuidados mínimos. Lembrei-me de *Estado de sítio*, de Franco Solinas e Costa Gavras. Para ser franco, dei às costas à memória: o filme pregava a não-tortura mesmo no torturador. Os guerrilheiros de Montevidéu pegam Dan Mitrioni, submetem-no a julgamento e depois o fuzilam, sem qualquer mal prévio. Odiei a lembrança. Preferi um filme sobre o Vietnã em que soldados americanos são mantidos até à morte em esgotos com ratos carnívoros. Lembranças assim me fascinavam. Era o Mal Absoluto, irreversível, se entronando em mim.
    SPF só podia estar bêbado. Mal voltou ao fusquinha, começou a perder a direção ao longo do Varadouro. Sem dúvida tinha bebido demais na festa de formatura. E agora ia a algum cabaré da cidade velha. Mas, ali pela Rua da Areia, num dos becos mais esquisitos do mundo, bateu o carro num poste e foi atirado para fora. Não teve como se levantar, ficou no chão.

Parei uma esquina antes, para ver se vinha alguém. Vinha. Um carro da Polícia Militar parou perto. E eu fui até lá, para não perder a chance:
— Que foi que houve, capitão? Posso ser útil?
— Esse rapaz bateu aqui e está meio...
— É o Sérgio, meu Deus, o Sérgio!
— Você conhece?
— Amigo de infância. Só vive bebendo.
— Vamos ter que levá-lo a um hospital.
Eu fiz que não ouvi.
— Sérgio, Sérgio, logo hoje?
— Por que logo hoje?
— Aniversário dele, se não me engano.
— Deve ser por isso.
Para minha felicidade, notei que a polícia queria era se desfazer do caso.
— Eu levo ele, capitão. Está desmaiado.
— Deixe eu anotar a placa do seu carro.

Tranquei o carro do soldadinho e levei-o no meu carro, até a Dom Pedro II. Parei, era quase meia-noite. Ele tinha que começar a morrer no dia do aniversário. Carniceiro. Acéfalo cumpridor de ordens cegas. Entrei com ele para a Mata do Buraquinho. Estava tudo lá. Só faltava escolher o método. Papillon ou Saigon? Os dois. Prendi-o com algemas, estirei no buraco entre duas árvores. O buraco — agora que eu notava — era em forma de útero. Sérgio, estirado como o mais impotente dos cristos, coube com perfeição nele. Amarrei-lhe a boca, ele começava a acordar. Fui ao Rio dos Macacos, peguei água, sacudi na cara dele. Acordou de vez. Estremeceu, as algemas se apertaram. Olhou dos dois lados, começou a chorar, como se fosse animal sublime.

— Tenha calma. Não vou lhe tocar um dedo. Você vai morrer com doçura. Não é qualquer um que chega a isso na vida. A vida é dura, soldado. É um feto querendo sobreviver a todo instante. Há os que. Mas há os que não.

Prendi a cabeça dele entre dois tocos, para que ele me visse de frente. Logo abri o tonelzinho que tinha trazido antes e comecei a chacoalhar SPF de mel. Mel de verdade, não é metáfora. Ele só podia estar estranhando. Os pés subiam e desciam de desespero e eu enlameei o corpo dele de mel. Abri depois uma caixa de abelhas e sacudi sobre ele. Em minutos, antes ainda da meia-noite, a cara dele estava monstruosamente inchada. Para felicidade geral da nação, descobri dias antes buracos de formigas carnívoras na beira do Rio dos Macacos. Elas só queriam uma pontinha de sangue. Mas e aí? Eu ia sangrar o miserável? Não, meu mal ainda não era absoluto. Um fiapo de ética e amor ao próximo tinha que ser preservado. Tirei toda a roupa dele e acabei de melá-lo. Em instantes, não havia um poro dele sem ferrão de abelha ou dentada das formiguinhas. Isso é que é defender a pátria. Lutar pelos valores do chão. Fiquei até o amanhecer assistindo ao balé dos insetos. Os olhados do ex-assassino foram carcomidos por inteiro. Formigas desovavam aos montes de sua boca, quando decidi tirar o pano que amarrava seus gritos. Era uma questão de misericórdia. Seu sexo ficou esfacelado, metralhado pelos bichinhos da natureza.

– Capaz desse filho da puta ainda estar vivo.

E só não enterrei uma picareta no cérebro dele porque não valia a pena manchar a ponta enferrujada com aquele cérebro de ex-agente.

– Bom, ele também tem direito de se defender. Os olhos estão corroídos. Se escapar, não acerta o caminho de casa.

E ainda olhei para os buracos dos olhos. Lá dentro, um cerebelo lotado de ordens. Cá fora, vagalumes chumiscavam sobre o quase cadáver. E o Rio dos Macacos nas águas plácidas de sempre.

68. Amanheceu e fui correndo à casa de Nanterre. Ele tinha que ser pego antes de ir ao trabalho. Às oito horas começava a manifestação em frente à casa dele: QUEREMOS DOUTOR NANTERRE COMO NOSSO ADVOGADO.

Eram sete e meia. Limpei-me dos vestígios da madrugada. E fui recebido com ironia:

– Você, Daniel, querendo meus serviços?

– Um de nossos colegas da carismática cometeu um crime. Estamos precisando de um bom advogado.

– Mas quem diria. Entre, entre. Vamos ao meu escritório. Só vou ao tribunal às nove horas. Estou surpreso. O maior crítico do Nanterre precisando do Nanterre.

A televisão estava ligada.

– O mundo dá muitas voltas, hem Daniel?

– Dá.

E apontei um revólver para a cara dele.

– Abra a janela. Deixe o sol entrar.

No escritório havia um quadro enorme de Che Guevara. Poemas de Neruda e de Pedro Casaldáliga. Canções de Lennon.

— Calma, Daniel. — disse ele tremendo. Aja sem perder a ternura. Vai me matar?
— Matar? Eu fui um dos líderes de 68, não se lembra? Eu dei uma chance à paz. Nós dois atuamos juntos em prol de uma nova era. Acreditávamos ter chegado à era dos sacrifícios fecundos. O terror enterrava fuzis em nossos miolos. Toda uma poluição militar empoeirava o mais privado de nós. Vermes uniformizados, insetos tecnológicos, lutamos contra tudo isso. Impuseram a ordem à custa de avenidas que sangravam, vulcões que vomitavam guerrilheiros, de gritos abafados de estudantes, de ecos escaveirados que chegavam às últimas nos tímpanos do mundo. Denunciamos porões lacrados de escadas que apenas desciam. A Cadeira do Dragão esperava seus hóspedes em hora marcada. Tudo obedecia à ordem e os carrascos se benziam antes do ritual. Pelos esgotos da América começaram a circular os olhos de Bacuri, os pulmões de Allende, os pulsos de Victor Jara. Éramos exceções à regra dos cérebros falidos. Sonhávamos com cem sonetos de amor revolucionário, cada verso um insulto, um atentado aos que dormiam com a consciência fardada de terror. E o cotidiano pontilhou-se de covas, cânceres geográficos, tumores terrestres que todos pensavam ter extirpado com a volta da democracia. Mas o terror está em pleno exercício, com defesa garantida. E as vítimas dormem no ventre do Inferno, no útero canceroso do planeta.

Baixei o revólver. Nanterre ganhou fôlego.
— Não me venha com ingenuidades, Daniel. A Revolução morreu. Não queira ser Dom Quixote.
— Não pense que vim aqui para dar lição de moral. É uma questão privada.
A TV anunciou: "Crime hediondo na Mata do Buraquinho".
— A mídia está atrasada. O Sérgio está bebendo néctar com os deuses.
— Você matou o soldado? Não vai escapar.
Começaram a chegar os carismáticos estirando faixas.
— Coitados. Eu os manipulei. E o senhor terá que aceitar os serviços.
— Então não vai me matar.
— Matar? Nossas sílabas pronunciavam cristais, em 68, para uma geração ávida de transparência. Hoje isso parece sânscrito ortodoxo. O senhor passou para o lado da mediocridade e do cinismo, como se não houvesse pecado no sul do Equador.
Levantei o revólver:
— Mas não vim aqui para moralismo. É um ajuste pessoal. Chame a polícia.
Lá fora, os fiéis esperavam a resposta do célebre advogado.

– Desligue a TV.

Pela primeira vez vi que o cinismo tem limite. Nanterre também era humano e estava tremendo. Pegou o telefone.

– Tremendo? Não vou lhe fazer nenhum mal. Reúna a família e chame a polícia.

A filhinha dele entrou no escritório. Correu de medo para os braços do pai. A esposa, grávida, teve o mesmo gesto.

– Hoje, se estivesse viva, minha filhinha teria sessenta e oito dias. O senhor a matou.

– Painho não é assassino! – gritou a menininha, chorando e dando um murro no meu braço.

Dei um tiro na cabecinha dela. Os miolinhos, cheios de bolinhas, casinhas, letrinhas pra cobrir, se espalharam pelo escritório. Um pinguinho de cérebro bateu em mim, na altura do coração.

A esposa, horrorizada, partiu para cima de mim. Dei-lhe um tiro no meio da barriga. A bala foi o primeiro bubu do bebê.

Nanterre, estarrecido, não movia nem as pestanas.

– Chame a polícia e vamos lá pra fora. O povo o espera.

Na calçada, a polícia já cercava a manifestação. Um policial se aproximou de mim e recuou quando botei a mão no bolso.

– Calma, não é outro revólver. É dinheiro.

Despejei um monte de notas caras em cima de Nanterre. Uma câmera nos enfocava.

– Ele disse um dia que minha imaginação não tinha poder. E que defenderia Adolf Hitler num tribunal de Israel. Acabei de matar a esposa dele, grávida, e a filhinha de seis anos.

Foi um horror geral entre os carismáticos. Soltei o revólver, o policial me algemou e eu falei a Nanterre:

– Eu sou o assassino de sua família. Vim contratar o senhor para me defender.

PALHAÇO DE MÁSCARA

1. Carência de atos

Como criança irresponsável, Messias emburacou com o carro na favela de Santo Estevam. Às margens do Rio dos Macacos, uma banca de jornal: "Bonfilho continua solto". Íamos pela BR-230 a caminho da Universidade. Uma palestra sobre o pós-moderno ia atrair muita gente. Messias, ao ver a blitz na pista, atalhou pela favela. Os moradores nos olhavam com reservas. As janelas se enchiam de curiosos, não é preconceito, com cara de malfeitores.

– Vamos dar um tempo. Não tem perigo aqui.
– Quem é esse Bonfilho?
– Aquele bandido das Cinco Bocas. Está sendo procurado desde que matou um sargentão. Talvez essa blitz seja isso.
– E não estás com os documentos?
– Estou. Mas o carro não está emplacado. Pode ser apreendido.

Uma mescla de pobreza e terror apocalíptico pairava sobre Santo Estevam. O assassino poderia estar por ali. Os jornais insistiam na incompetência da polícia. Para qualquer um, o mundo poderia sucumbir a qualquer instante.

– Vou ver se pego outro atalho.

Casebres multiplicavam-se sem crescimento. Barriguinhas infantis, lotadas de giárdias, cistozomas, carências, penduravam-se nas costelas dos menores. Os desocupados estranhavam nossa invasão.

Na frente, uma cena teatral: palhaços de máscara, com megafones, gritando diante de uma igreja.

– O mundo não vai acabar! Vai, mamãe? O mundo está morrendo, mamãe? Tá não, palhacinho, venha tomar mingau.

Bem mais vivido que eu, Messias deveria saber o sentido da manifestação.

– São alguns moradores que se dedicam a teatro. Há dias estão protestando contra os crentes. À noite, os cultos dos pastores são insuportáveis. Infernizam o povo dizendo que o fim do mundo está próximo. Ninguém dorme direito.

– Não é mentirinha, mamãe? O mundo não tá só começando? É, palhacinho, termine o mingau.

Mais adiante, o enterro de um líder sindical apedrejado por capatazes. Segundo poderosos, ele tinha idéias muito modernas e estava tirando a tranqüilidade da população. Era ligado a agitadores da Igreja que queriam modernizar até a Bíblia.

Messias conseguiu um desvio por dentro da mata. E um dilúvio de pobreza empoeirou nossa vista. Com um detalhe: uma antena parabólica cobrindo um telhado de taipa. E breves cochichos nos comentando. Uma ladainha surda de anêmicos, pontinhas de leite fixadas nos olhos, cegueira antecipada procurando vitamina. Toda aquela banda da mata estava privatizada. O governo havia feito concessões a poderosos de terras e máquinas para se apropriarem até dos sopros do vento. Com isso, os jornais se dividiam em torno de Bonfilho: rebelde, assassino perverso; declarador de guerra aos ricos, cruel de nascença; o banditismo poderia se expandir e inflamar Santo Estevam contra a lei e o resto do mundo; os crimes de Bonfilho não derivavam daquele povo bom e trabalhador, mas de sede própria de praticar o mal; era responsabilidade do governo; era livre-arbítrio do bandido.

Fosse o que fosse, percebi pela primeira vez a distância da Universidade. O mundo corria rumos próprios, os acadêmicos se enclausuravam nas grades das idéias. Os palhaços de máscara, frente a Assembléia de Deus, poderiam estar sendo mais úteis que nós. Vivíamos atrofiados em discussões sem solução. Encarcerados em linhas de pensamento que não passavam de linhas de pensamento. A chave! A chave para resolver as coisas! A prática do mundo minguava em nossos cérebros, quando as favelas e ruas desenvolviam cérebros próprios, deixando suas histórias e suas marcas no tempo. E nós, quando sairíamos da letargia dos papéis? Quando sairíamos de nós mesmos, espíritos enérgicos abandonando defuntos? Na frente do velório, o líder morto parecia mais respeitoso que nós: pelo menos tinha contribuído para desregrar um pouco os jogos do mundo. Foi fulminado pelo poder por incômodos. E nós, desde quando incomodávamos alguém entre quatro muralhas? Raciocinei tudo isso muito rápido, reconhecendo meu isolamento dos movimentos gerais. Há tempo havia submergido em grutas filosóficas; era chegada a hora da comunicação. O outro, ah o outro! E tanto que eu tinha estudado o Eu e o Tu, a consciência possível e o distanciamento crítico, o egoísmo e a renúncia. Entretanto, palavra não morde. Palavra não faz milagres em buchos cadavéricos, inchados como cara baleada, peitos de mulheres assediados por cânceres. Assédios irreversíveis, terminavam em casamentos que, no entanto, não subiam o altar. Nunca passei por uma confusão tão rápida de idéias como ali em Santo Estevam. E havia as réplicas, o medo do pragmatismo e do sentimentalismo burguês, de misericórdia cristã; de converter misérias maciças em chororô particular, de ver o mundo subordinado à favela, perdendo a totalidade, obstruindo a dialética. Essa cidade já tem microeletrônica e robótica, leitura de som a laser, e não soluciona microdesgraças, não faz leitura de volumes humanos estagnados, crianças acopladas à morte, baguinhos de gente, migalhas de costelas, olhos enterrados no cemitério das caras. E no entanto sorriam, brincavam, chutavam bola, mais uma vez indiferentes à nossa passagem por ali. De fato, éramos absolutamente inúteis. Não acrescentávamos nada àquelas vidas que tinham sua independência, sua hegemonia de pobreza, sem livros e polêmicas. Não precisavam dos atos dos apóstolos da Universidade, cérebros privilegiados, luzes que não desciam aos subúrbios do mundo. Eles prosseguiam em paz, mesmo curtindo catástrofes miúdas, mas sem trégua de horas. Minutos miseráveis acumulavam-se em seus dias e não surgia um protesto. Talvez só em minha mente tudo fosse tão drástico. Mas os palhaços eram um fato, o enterro era um fato. Impossível deter o turbilhão de reflexões inúteis, que não cabiam nos nossos eternos objetos de estudo. A Universidade não produzia um vagalume à luz daquelas necrópoles vivíssimas que seguiam trilhas próprias. Vários presidiários se escondiam por ali. Diluíam-se nos ossuários cheios de vidas, nos santuários de crimes, ovários de molambos, berçários de penúrias, templários precários, primários sem cadeiras de eternidade, armários de exclusões, operários sem óperas, proletários sem horários, sem salários (ah, salários), tributários dos mais caros itinerários. O improviso eram seus milagres diários. E milagravam, desafiavam o fim, buscavam algum sentido. Nem que fosse o de apenas continuar.

2. A palestra

Messias entrou e atravessou aquela Jerusalém de crimes, sem salvação. Nos salvamos da polícia e chegamos à Universidade, que, impassível, contemplava o planeta. O auditório só faltava explodir de expectativas pela chegada do professor francês Jean-François Chegautard. Estava atrasado. Foram abertas todas as entradas, fato raro no Centro de Humanas. O calor aumentava, mas ninguém ousava renunciar ao inferninho particular de cada poltrona. Todos esperavam o lançamento, na província, das novas idéias que efervesciam os miolos da Europa. Idéias sobre o fim do sentido da história, o fim da história, o fim do fim, o metafim, a nadificação do nada, a tudificação do tudo (a absoluta e a relativa), a ilusão da matéria, o desprezo pelos conceitos elevados, o mito da realidade, o mito do mito, o metamito, enfim, o fim. Os Neovetustos marcavam presença e estendiam uma faixa contra a tradição e a favor da destrutibilidade do tempo. Outros grupos queriam absorver a tentação das novas idéias, galiléias povoadas de demônios ávidos a transformarem pedra em pão. Mas nem só de pão vive um professor. E Chegautard chegou reclamando contra a direção do Centro, que não havia ainda liberado seu cachê. Mesmo o carro da Universidade havia quebrado a caminho do aeroporto. O professor protestou contra o desconforto, os buracos na pista, o calor e a discriminação contra seu filho, um negro, recém-adotado e recém-apedrejado pelo preconceito brasileiro. Deixou o neguinho brincando no jardim do Centro, depois, evidentemente, de exibi-lo para o público. Uma salva de palmas então reconfortou o professor. E sua resposta imediata foi dar ênfase ao fim da modernidade. Falava um português fluentíssimo. Eu compreendia, como bom aluno de filosofia, todas as suas lições enfáticas em torno do fim das metas narrativas, do tempo irreversível, da unilinearidade da história etc. Não havia, até então, a menor reação às linhas gerais do pensamento do professor. Um único barulho, um chiado, nada que interferisse naquela exposição histórica. João Pessoa, sempre paroquiana, ia dar um salto enorme em sua mentalidade; ia evoluir para uma compreensão mais justa e ética do verdadeiro avanço humano, utopia esperada desde Frutuoso Barbosa e Martim Leitão. E quem diria, meu Deus, que esse célebre salto viria a ser dado por um descendente dos ladrões de pau-brasil das costas brasileiras! Mas não levem a sério esse detalhe moralista. Chegautard chegou com precisão às suas conclusões sobre o escaveiramento do mundo moderno, sem a menor incoerência interna. Tudo em seu discurso era verossímil, tal sua capacidade de síntese e globalização de argumentações. Eu me sentia um tapuru não apenas por complexo tropical de inferioridade, mas por já me sentir inserido na putrefação de um mundo que, até ontem, tinha sido moderno. Com vinte e dois anos, mal ia concluir o curso de filosofia, tudo o que havia aprendido estava superado! Dos gregos ao Muro de Berlim, tudo era pó, não só as construções, mas as concepções, os valores, os conceitos, os parâmetros. Parecia que as picaretas e os tratores sobre o Muro haviam também arrastado os mais frescos tijolos de toda uma formação. (Mas tinha também os picaretas.)

Eu podia ver gente se lamentando. Então tudo o que me ensinavam era falso. O bem e o mal são jogos de palavras. Humanismo em nada difere de crimes hediondos. O inconsciente é o novo pecado original. Filantropia é um egoísmo bom. Tudo vale pelo antivalor. O paradigma de Einstein foi pro brejo. Acelerador de partículas não vale um átomo perdido. A vida é a única certeza da morte. Eu sentia confusões na mente; mas havia gente se lamentando de haver perdido tanto tempo com ilusões. E o pior era que o pós-moderno não prometia qualquer recompensa. Catarse, recalque, sublimação, tudo era vazio. Inclusive o oco era vazio. O conjunto vazio das primeiras lições de matemática. Dona Santina, como é que pode ter um conjunto vazio? Você está muito perguntador, Sócrates! Mas como? Sente-se lá no fim da sala e escreva mil vezes: não devo fazer perguntas na classe.

Havia gente se lamentando. Mas não havia a menor reação. As turmas de história, filosofia, letras, artes, lotavam o lugar e... me revoltar sozinho é que não vou. Mas o coletivo também é inútil. Pra que lutar? Qual o ganho?

Só começaram a surgir alguns sopros quando Chegautard afirmou que não existia responsabilidade.

– Uma das maiores crueldades ideológicas já criadas pelo homem foi o conceito de responsabilidade. Responsabilidade é uma mentira nefasta. É de uma vaziedade (tem essa palavra em português?)... pois bem... de uma vaziedade tão grande, que não merece sequer ser elevado à categoria de conceito. É uma subnoção pobre de imaginação, não resiste a uma análise epistemológica contundente. Quem obriga a ter responsabilidade não consulta os obrigados. Responsabilidade pressupõe erro, que é outra manifestação nefasta do senso comum. Erro está embutido em nós como pecado, que desencadeia repressão, que desencadeia timidez, que desencadeia omissão... Mas não estou aqui pregando que se faça o oposto: participação, manifestação, atividade... Tudo isso também se revelou ridículo num fim de milênio sem perspectivas. Aliás, perspectiva é coisa inventada, guiada tendenciosamente pelo sujeito que levanta sua bandeira. Mas quem levantar bandeira contrária estará cometendo idiotice idêntica. Em que é que uma coisa se distingue de outra? Vou dar um exemplo prático.

A platéia esperava atenta. Mas um espectro de revoltas já rondava o auditório. Fiquei com medo de que os Neovetustos, poetas que só tematizavam a metalinguagem, cumprissem finalmente alguma função social e agredissem o professor. Mas, depois de beber água e virar a página, Chegautard continuou:

– Imaginemos um pai de família honesto. Monogâmico, dedicado à mulher e aos filhos, pagador de impostos, tudo em dia. Esse homem não tem a menor dívida econômica ou moral com ninguém. Respeita os limites de todos. Nunca bateu num filho. Antes mesmo de repreender, chama o pirralho para uma conversa, tenta convencer o menino de que botar dedo na tomada é perigoso, ensaia uma pecinha etc. É um homem extremamente sensato, bem-humorado, criativo, só cede à irritação em situações rigorosamente estúpidas. Paga à empregada mais que o salário mínimo, carteira assinada, férias remuneradas etc. Estão imaginando esse homem ideal? Pois bem: assassinou a mulher com uma picaretada no cérebro!

O espanto só não foi maior porque um dos Neovetustos, um anticomunista de espumar no canto da boca, gritou:

– Ele era da KGB e foi mandado por Stálin. Achou que a mulher era Trotsky!

Houve risos, relaxamento, alívio, protesto dos comunistas do PC do B, que, aliás, eram os únicos ali que ainda pertenciam à modernidade. Eu mesmo já me sentia em outro degrau. Diversos grupos passavam a repudiar a responsabilidade. Muitos iam se tornando irresponsáveis instantaneamente, integralmente, desnatadamente, como leite em pó. João Pessoa chegava à vanguarda do fim de milênio. Os Neovetustos, por exemplo, que só trabalhavam a metalinguagem, já estavam rompendo com a ruptura.

É claro que estou brincando nesse diário, cinco anos depois. Mas Chegautard não estava brincando em sua exposição:

– Ele chegou em casa e flagrou a mulher com outro homem na cama. O detalhe: a mulher por cima do homem, que era nada menos que seu filho. Ele havia casado pela segunda vez. No primeiro casamento, teve um filho. No segundo, foi sinceríssimo com a mulher, contou seu passado, tudo. À medida que o garotinho crescia, parecia seduzir sua madrasta, na verdade uma jovem de vinte e três anos. O pai e esposo já era um quarentão. Parece que foi ficando feio aos olhos da nova esposa e ela recompensou a tragédia do casamento com o primeiro filho dele, seu amante. Ao ver a picareta enterrada na cabeça da mulher, o menino não resistiu. O pai não teve coragem de matá-lo e isso foi o pior dos castigos. Acabou arrancando os olhos e vagueando pelo mundo... Estou falando de um caso real que ocorreu numa colônia grega em Paris.

Chegautard, após suspiros e pasmações do público, perguntou:

– Onde está a tal responsabilidade? Quem tem autoridade para culpar alguém? Quais são os legítimos critérios para a indicação da culpa? Culpa é reconhecimento do pecado e como pode A reconhecer o pecado de B? A mulher podia não estar mais gostando dele e se deixou atrair por uma imagem virtual dele, o filho, o marido jovem. É certo que ela podia ter sido sincera com ele e decretar o fim da relação. Mas, a seu ver, isso seria prejudicar os filhos, destruir o casamento, e preferiu então dar satisfação às aparências das convenções. Neste caso, agiu com responsabilidade, o que resultou em tragédia maior. Se tivesse agido com responsabilidade na decretação do fim da relação, seu apego sexual ao filho do ex-marido não deixaria de provocar rancores, frustrações, sentimentos primitivos que não conhecem essa abstração chamada responsabilidade. O marido, por sua vez, agiu pelo ciúme, talvez sem nem saber que era o filho que estava na cama com sua mulher. Quem pode responsabilizar o ciúme, o instinto, a raiva, o desejo de vingança? Quem pode responsabilizar os demônios que ocupam cada átomo da espécie humana? A lei é uma opressão. Exemplo cabal é o do filho: estava transando com a mulher do pai. Mas será que ele tinha consciência disso, se é que existe consciência? Enfim, a responsabilidade é nociva ao que é mais natural no homem, que é a animalidade. Pode até existir boa intenção na noção de responsabilidade, mas é um mito que não podemos mais engolir. Posso citar outro exemplo. Estou aqui dando uma palestra, mas meu inconsciente pode estar rondando seios e vaginas das alunas mais bonitas daqui.

Um aluno completou:
– Ou pênis.
Chegautard confirmou em meio às gargalhadas:
– Ou pênis, por que não? Você acabou de se deixar escravizar pela responsabilidade. Ao dizer "pênis", achou, talvez inconscientemente, ou mecanicamente, que iria me pôr em contradição. Mas o que é que tem agir em contradição? Somos obrigados a cumprir tudo, a dar conta de todos os programas, a obedecer a toda a lógica cultural ou mesmo biológica? O homem é o único ser imprevisível no ciclo da natureza e só isso basta para mostrar o quanto a responsabilidade é um artifício. Por isso nada mais me toca, nada mais me impressiona neste mundo. Quem sou eu para cobrar respeito de quem quer que seja, se a sociedade é movida majoritariamente pelos instintos?
Um aluno se ergueu:
– Isso tem valor para a história?
E Chegautard fulminou:
– Mas claro! Napoleão exterminou centenas de inocentes na Espanha... É responsabilidade dele ou conivência dos espanhóis? Os americanos soterraram o Vietnã de napalm... Quem vai cobrar responsabilidade de Nixon, Truman, burguesia, indústria bélica, seja lá quem for? A força desconhece responsabilidade. E a força não seria força se cedesse à lógica, digamos, hegeliana do consenso. Isso em qualquer nível. Um favelado invade sua casa, estupra sua filhinha de dois anos, foge... Qual a culpa dele nisso? Não estará sendo movido por alguma legítima necessidade do desconhecido interior do homem? Enquanto o homem não conhecer suas regiões nebulosas, todo discurso sobre a responsabilidade será vão. Quando se autoconhecer plenamente, e isso já começou com Freud, aí é que a tal responsabilidade não se sustenta mesmo.
Um dos Neovetustos, que só trabalhavam a metalinguagem, bateu palmas. Maior parte do auditório acompanhou. Chegautard também não podia cobrar consenso de ninguém.
– A responsabilidade, minha gente, é uma esplêndida mentira! Só que, ao dizer "mentira", eu sei que estou caindo em contradição. Estou denunciando uma perversão, o que pressupõe um gesto nobre e aspirações por coisas elevadas, como a verdade e a responsabilidade. Mas isso é por falta de outro termo. Nossa linguagem é tão maniqueísta, que mesmo o cérebro mais lúcido não escapa a ela. Se escapar, fica

incomunicável. Por isso, precisamos criar novas línguas, isentas de moralismos e noções vagas que enchem nossas cabeças de oco. Em minha infância, na França, eu costumava esperar o vendedor de pirulitos, não sei se tem por aqui. Ele trazia uma tábua cheia de furos para sustentar os pirulitos, que em pouco tempo se derretiam. Essa tábua é a modernidade. Por extensão, a história das idéias do homem. As primeiras palmas vieram dos Neovetustos, que só trabalhavam a metalinguagem. Foram-se avolumando por toda a platéia. E tudo seria final feliz se não fosse a notícia do guarda: um negrinho lá fora foi espancado por um grupo de racistas. O professor, de súbito, levantou-se em meio às palavras para acudir seu filho. Nem precisou: a criança chegou em cadáver, banhado de sangue, jogado perversamente no palco do auditório. A indignação foi geral, menos dos Neovetustos, que só trabalhavam a metalinguagem.

3. O assalto

Aí se deu o que ninguém esperava: um grupo de ladrões mascarados invadiu o auditório e fez o professor de refém. Eles vinham de um assalto frustrado ao Banco da Universidade; pareciam amadores, sem planejamento sofisticado. Carros da polícia já cercavam o local. Para se defenderem, apelaram para a cabeça de Chegautard. Encostaram uma bazuca no crânio dele, pegando-o por trás. Outros três reprimiam a platéia, exigindo absoluta imobilidade. Qualquer reação anteciparia a morte. Chegautard, já arrasado com o assassinato do filho, despejado no chão como lixo não reciclável, fazia esforço para manter a respiração regular e a impassibilidade do pescoço. A polícia, lá fora, pedia para o grupo se render, isso amenizaria a pena. Os ladrões, ao contrário, subjugavam qualquer apelo da polícia; exigiam um carro para fuga, dinheiro e armamentos. Nunca me senti tão humilhado e perto da morte. Meu desejo era prender aqueles arbitrários, homicidas, que deixavam a caminho da putrefação uma reunião de intelectuais. Mesmo os grupos mais radicais ali presentes reprovavam aquela crueldade. Três dos ladrões passaram a revistar as fileiras da platéia, em busca de armas. O da frente passava entre as cadeiras, protegido por duas bazucas que ficavam na retaguarda. Quem não se sentiria rebaixado de intelectual, fina flor da ética e do saber na sociedade, para a condição de refém? Quem não tremeria ao

cair subitamente de produtor científico para um verme qualquer, com um filho morto aos pés ou com um professor internacional de filosofia sob a mira de canos pragmáticos? Quem não sentiria horror naquela situação? Talvez só os Neovetustos, que só trabalhavam a metalinguagem.
— Bonfilho, renda-se, Bonfilho! Nós sabemos que é você! Você já tem antecedentes e poderá pegar prisão perpétua! Liberte os estudantes e o professor! Seu advogado já está...
Não pudemos ouvir o resto. Um tiro de bazuca aniquilou uma mocinha da primeira fila. O terror então encarnou-se no auditório. O Reitor, já presente, cônscio de sua responsabilidade para com um professor de longe, ofereceu-se para ficar no lugar de Chegautard. Bonfilho achou isso um insulto e aniquilou outra estudante, de uns dezenove anos. Como a primeira, ela caiu ensangüentada, salpicando-se em outros colegas. Minha vez podia chegar a qualquer instante, caso não chegassem as reivindicações dos ladrões. Dom José Xícara, o Arcebispo, fez um apelo pelo som da polícia. Bonfilho não gostou do enviado de Deus e deu um tiro em Messias, que morreu na hora. Para aterrorizar ainda mais, Bonfilho ficou de costas para a platéia, encarou Chegautard e apontou a arma. Acabou transformando em pó a lousa de madeira, deixando intacto apenas o espaço por trás da cabeça do professor. A exatidão matemática dos tiros encheu a todos de pavor e fascínio estético. Leonardo da Vinci não teria conseguido tanta simetria. Chegautard, sentado no birô, ocupava o centro do quadro e das atenções. Os buracos negros perfuravam todo o universo da lousa, com exceção do centro. Um dos discípulos de Bonfilho fotografou o quadro, revelou-o na hora e enviou-o para os policiais, com autógrafo. Um dos Neovetustos, que só trabalhavam a metalinguagem, disse que aquilo era um quadro pós-moderno. O ladrão partiu para espancá-lo e Bonfilho só não o liquidou porque Chegautard finalmente se manifestou:
— Vous savez ce que vous êtes en train de faire?
Bonfilho o pegou pelas orelhas:
— Fala português, filho da puta!
— Vocês sabem o que estão fazendo? Eu sou um professor estrangeiro, não tenho nada a ver com a miséria do Brasil.
Bonfilho encostou o cano na testa do professor. Apertou. Estava vazio. Nós, da platéia, sequer podíamos respirar direito, para não provocar insulto. Chegautard gaguejou, endireitou a fala, continuou protestando:
— Eu sou um pai de família. Tenho dois filhos na França. Vocês

não podem agir dessa maneira comigo. Vocês são terroristas? Eu sou cristão e ocidental. Tenham consciência.

A polícia aumentou violentamente o som. Ruídos de helicóptero já circundavam o prédio. Os ladrões não tinham saída e iam levar o professor para o desconhecido.

Súbito, dois policiais de elite entraram atirando. Mas não tiveram tempo de mostrar habilidade. Bonfilho os atingiu no peito. Isso só fez reforçar o medo e a consciência da morte que se solidificava a cada minuto.

– Você agora é um assassino, Bonfilho! Não é mais suspeito, é assassino! Nossa família é muito grande! Seja sensato e se entregue!

O arcebispo, o Reitor, o delegado, discursos vãos diante da pragmática do ladrão. A situação só começou a mudar quando a munição dos ladrões se esgotou. Eles então apagaram as luzes. Apagaram os ventiladores. Um calor opressivo nos abraçava a todos. Uma pistola daquelas de cinema, com uma luzinha que bate na testa, foi apontada para o palestrante. Caso houvesse invasão pesada, o professor seria executado. Foi o momento mais aviltante que já vivi. E só melhorei um pouquinho quando Messias, ensangüentado ao meu lado, piscou o olho e riu.

Quando os policiais entraram em massa, as luzes acesas comemoraram mais um triunfo teatral dos alunos de Artes Cênicas. Tinham sido alunos de Augusto Boal e estavam testando mais uma do teatro invisível. Bonfilho e os policiais de mentirinha se abraçaram. Os mortos, inclusive Messias, ressuscitaram. A maioria não sabia e espremeram os dentes de raiva. Tive medo de linchamento e tragédia real. Mas o humor acabou predominando.

– Foi apenas um assalto a seu despreparo, professor. – disse um dos atores, tirando a máscara. – Todos nós estamos sempre despreparados.

– Foi uma brincadeirinha de mau gosto! – disse Chegautard, abraçando o filho e caindo no choro.

E começou a gritar, como criança irresponsável.

O ÊXTASE DE SANTA TERESA

Podem me chamar de monstro, mas não tive oportunidade de ser outra coisa. Depois de me esforçar para me formar na USP, encontrei o que encontrei. Dona Teresa me demitiu do Colégio na véspera de Natal. E pior: me enviou convite para a festa na casa dela.

Sou paraibano. Daqueles que ainda reagem à ofensa de sua dignidade. Estava na USP fazendo pós-graduação em Psicologia quando fui chamado ao Colégio Mythos, ali na Aclimação. Quem me indicou não sei até hoje. Nem a diretora, Dona Teresa, de família espanhola, nunca me revelou. Estava elaborando tese sobre a "psicologia da demissão", ou seja, os efeitos do desemprego na mente do trabalhador. Fiz pesquisa no ABC paulista, em bairros pobres como Itaquera, regiões de periferia. No auge de meu trabalho de campo, recebi o convite sedutor para o Colégio, um dos maiores da metrópole. Não vou detalhar meu quotidiano nesse Colégio, que é drástico. Nem os prejuízos que me acarretou para a tese. O que interessa é a festa.

– Vá direto ao assunto!

– Meritíssimo, estou com sede. Meu relato é um pouco extenso.

– Nem tão cedo beberás ou comerás.

Fiquei olhando o copo transbordante d'água sobre a mesa do juiz. Mas estavam me privando até disso. Que eu ia ser preso, não havia dúvida. Mas um copo d'água?

– Continue o relato!

O que me chocou não foi a demissão em si, mas a forma perversa como foi feita. Por que Dona Teresa não expulsava os alunos horrendos, destrutivos, satânicos, iníquos, onagros, malvados, desumanos, infames, brutos, estúpidos, rudes, com a medula cheia de dinheiro e banalidades? Era mais fácil demitir um professor simples, além do mais pobre. Nordestino, considerado antididático e fraco em sala de aula. O Colégio é dela, isso eu não questiono. O mal foi me demitir na data em que me demitiu. E me enviar, cinicamente, o convite para sua festa de Natal.

São Paulo virou minha cabeça. Se fosse um paraibano conservador, Dona Teresa teria levado lição de moral em pleno Colégio, na frente de todos. Mas há tempo que minha formação cristã, horrenda, destrutiva, satânica, iníqua, onagra, malvada, desumana, infame, bruta, estúpida, rude, vinha desmoronando. Assim, vesti a roupa mais cara que pude comprar na Barão de Itapetininga e me dirigi à festa. Ingênuo, imaginei que o convite, extensivo a todos, era uma forma de Dona Teresa manter sua imagem benévola e aberta ao diálogo. Pensei encontrar todos os outros professores na casa dela, o que de fato aconteceu. Pensei ainda que, se houvesse demitidos, ali no meio de champagne e bolinhos, ninguém sabia do caso de ninguém. Só na volta às aulas, em fevereiro, as pessoas teriam surpresas – ou não teriam – da ausência dos outros.

O plano então ficou acertado: desmascarar Dona Teresa na frente de todo mundo. Exibir a caveira aidética de sua falsa filantropia. E desencadear uma reação, uma cadeia, levando outros demitidos a se pronunciar. Mas, chegando lá, no Morumbi, logo medi a pobreza de minha imaginação. Todos sabiam não só da minha demissão, como também do cinismo do convite. Parecia uma conspiração geral, uma humilhação abissal a que eu estava condenado. Dona Teresa de Ávila, sem dúvida, havia comprado o livre-arbítrio de todos. Havia masturbado dinheiro na cara de todos. Havia transformado todos em anjos cínicos observando, com cumplicidade muda, a sua bela obra. Dona Teresa pagou toda a indenização, mas nada indeniza a humilhação. Foi nessa pretensão de deusa que ela errou. E teve de pagar, apesar de eu não ser nem um átomo de Deus.

Minha sede de vingança era maior que a de Tântalos na eternidade sombria do Hades. Descartei o plano de desmascarar a diretora. Decidi mentalmente matá-la, mal surgisse a célebre oportunidade de eu esfaqueá-la no auge da festa. Essa decisão, funesta e nobre, foi tomada logo que cheguei à mansão dela. Ela parou a música no ar, chamou a atenção de todos, e disse:

– Olhaí, gente, este é Homero, embaixador da Paraíba!

Recebi uma duradoura salva de palmas. Uma das professoras, que até então eu julgava tão humana, estendeu um tapete vermelho para eu entrar no Palácio. Todos me respeitavam como diplomata do Estado mais pobre do país. Recebi uma faixa oficial, um paletó novo e vários dos presentes me colocaram microfones para eu falar sobre o meu distante país. Eles tinham o desejo deliberado de me maltratar e, na verdade, eu já estava interiormente arrasado. Dona Teresa tirou uma foto comigo, disse que ia enviá-la aos maiores jornais de seu país. Perguntou se meu país tinha jornal, ao menos o jornal da seca. Estou com sede, Meritíssimo, e Dona Ávila plantou o assassínio em mim. Depois da foto, tirou o paletó, e por cima da faixa colocou-me uma roupa de cozinheiro.

– Que tal ficar cozinhando pra gente durante a festa?

Nem me deixou responder: me deu uma faca, um espeto e me levou até a cozinha, que, por si só, era uma rua diante do meu casebre, alugado na Cardeal Arcoverde. Me mostrou um monte de carnes que eu tinha que preparar para os convidados. Só então compreendi o sentido de tanta humilhação.

– Você não gosta de teatralizar a vida? Pois se divirta.

A santa diretora estava se vingando de mim. Eu havia encenado no Colégio a peça *Navalha na carne*, de Plínio Marcos. O objetivo era resgatar a memória da repressão militar através da arte. O projeto foi um dejeto. Pais de alunos me chamaram de imoral, comunista, sedutor de menores, por pouco não me chamaram de papafigo. Fiz uma reunião para esclarecer tudo, mas a hipocrisia predominou sobre qualquer senso estético da vida. A partir daí, comecei a destruir dentro de mim a imagem positiva que fazia dos jovens, sempre abertos à inovação. Tudo caiu num raio, como um apocalipse em piscar de olhos. Isso trouxe problemas seríssimos para a tese, pois já não acreditava nos conceitos humanitários que vinha usando nela. Crise de paradigmas, crise de epistemologia, crise de identidade, falta-me o mínimo, Meritíssimo, me dê essa água.

De pós-graduando na USP a embaixador da Paraíba, de marxista a niilista, de educador alternativo a cozinheiro compulsório, minha decadência completou-se, naquela noite, com o assassinato. Fiquei cortando carne na cozinha e imaginando como esfaquearia a santa, enquanto todos cantavam, dançavam, pulavam, se divertiam à minha custa. Ora, por que não envenenar essas carnes? Por que não espetar a buceta de cabelo branco dessa viúva sedenta de um cacete de dinossauro? Por que não estrangular o clitóris dela com alicate? Os outros eu perdoaria, foram comprados ou forçados para não perder o emprego. Não. Cumplicidade é crime. Eu mataria a todos quando estivessem bêbados, para não causar pânico. A mansão, rodeada de guardas e cachorros, era uma fortaleza. A polícia me pegaria em dez minutos. Ah, mas e daí? Eu entraria para a história de São Paulo.

– Homero, já está pronta a primeira remessa de carne?

É incrível como eu só fazia pensar e não agia em absolutamente nada. Fui soterrando no esquecimento meus planos sinistros. Algo mais extraordinário do que vingança vulgar teria que aparecer.

Fui até a sala com o espeto, repleto de porções macias. Dona Teresa elogiou publicamente minha psicologia culinária. Eu tinha assado tudo no ponto certo. Tinha acertado em cheio o gosto de todos. E eu só fazia sorrir, delicadamente, como se estivesse aceitando tudo como peça de teatro. E duas coisas maravilhosas me chamaram a atenção no meio da sala. A primeira, a filhinha da diretora, de um ano, que ela mostrava a todos, chorando.

– É o grande tesouro da minha vida. Essa pimpolhinha, olhem, gente, como é manhosa, desafiou a ciência. Tenho quarenta e três anos e nada impediu de ter uma herdeira diretamente mandada por Deus. Hefestos até hoje não aceita essa fatalidade, pois a vida dele é a Bolsa daqui e de Wall Street. Tudo indica que vamos nos separar. Mas ele já me deu o máximo.

A garotinha rejeitou a chupeta, chorou e eu comecei a rir indelicadamente. Fiz umas caretinhas pra ela e ela parou de infernizar a festa. Já os babões, os puxa-clitóris, perguntavam trivialidades:

– Como é o nome dela, Dona Teresa?

– Pelopa. Um nome grego.

A segunda coisa a me chamar atenção foi o quadro de um artista barroco, que se estendia imponentemente pela sala. Fiquei apreciando a beleza dos detalhes, o anjo cínico, a santa em estado de elevação espiritual, o auto-relevo à altura da cintura, os olhos embriagados até a recepção de Deus, o prazer supra-humano de transcender os limites angustiantes da matéria. Ao mesmo tempo, o peso da terra, a gravidade, a tentação demoníaca já expressa no rosto, digamos, brechtiano do anjo. Deve ter sido uma nota a reprodução daquela obra, com autenticação de um museu da Espanha. Mas a diretora, logo voltou do berço da guria, não me deixou mais apreciar o quadro:

– Seu trabalho é braçal, doutor Homero. Volte já para a cozinha e traga mais carnes!

Aquele quadro mudou todos os meus planos medíocres. Servi várias rodadas de carne aos ilustres convidados, que, mal encostavam o pedaço na boca, arriscavam dizer o tipo. Patim, filé, porco, lagosta, peru, galinha caipira, acertavam tudo. No íntimo, eu continuava acertando os detalhes do crime. Tive a impressão, Meritíssimo, de que esse copo d'água se moveu. Afastou-se para mais longe de mim.

– Conclua o relato.

Por que a santa do quadro só deixava aparecer uma mão? Onde estava a outra? Por que não usar a faca da carne para cortar a mão de Dona Teresa? Quando fui servir outra rodada de carne, notei que alguns já estavam bêbados. Dona Teresa voltava do quarto da filhinha:

– Pronto, dormiu. Mas daqui a meia hora tenho que acordá-la de novo para o mingau. E quem vai fazer o mingau é Doutor Homero.

Aceitei sem resistência o novo desígnio. Mas estava mantendo, apesar do ódio mortal, a lucidez, coisa que eles cuidavam de desprezar. Um dos convidados, que está presente neste tribunal, perguntou:

– Doutor Homero, quando vai continuar a epopéia da carne? Está vidrado no quadro, esquecendo de nós.

A diretora me recolocou na cozinha com as duas mãos, delirando de prazer em me subjugar. Voltou à sala de banalidades e ofereceu prêmios a quem primeiro acertasse a próxima carne assada. Comecei a fazer o mingau da garota, muito mais difícil do que assar variedades de carne. Mas, se eu fracassasse no mingau, iam tirar sarro da minha cara, é nordestino, foi criado sem mingau, cérebro sem leite e quer ser psicólogo, não sabe lidar com uma mamadeira e está mamando uma bolsa na USP, iam entrar em êxtase absoluto com minha incompetência num domínio infantil do conhecimento. Foi quando falei pela primeira vez:

– Eu sinto muito, mas essa carne aqui não tem quem adivinhe. Preparei um molho especial para despistar um pouco o gosto.

Dona Teresa foi a primeira a cair na gargalhada. Estava semi-ébria, caiu no sofá de tanto rir e, por um instante, ficou rigorosamente idêntica à santa do quadro! Levantou-se triunfal, abriu uma gaveta perto do sofá, puxou um revólver e apontou para minha cabeça:

– Se você pôs veneno nessa carne, será o primeiro a morrer. Coma!

– Que desconfiança é essa, Dona Teresa? A senhora está dando uma de Lampião!

– Coma, seu filho da puta!

Todos formavam uma meia-lua de fuziladores em torno de mim. Calmamente, tirei um pedaço da carne e comecei a comer:

– Não sou o que a senhora está pensando. Estou nessa palhaçada toda porque gosto da fantasia, e não como planejador de crime.

Terminei de comer a carne e eles avançaram no resto. Dona Teresa, baixando o revólver, jogou-o no chão e ameaçou:

– Essa modesta morada é muito bem guardada. Quem cometer alguma ofensa aqui dentro, não corre dez metros.

Já estava tão fora de si, que não raciocinou um raciocínio simples: o pedaço que eu comi poderia ser o único não envenenado e em breve eles estariam em convulsão irremediável. Passado o incidente, ficaram bebendo e fazendo apostas sobre a carne. A própria dona da carne enfatizou:

– É uma carne muito gostosa. Muito macia. Muito nobre. Modéstia à parte, é como se eu estivesse comendo pedaço de mim mesma.

Não conseguiram adivinhar se era boi, porco, galinha, filé, carne de segunda, nada. E eu excitava a curiosidade deles, sempre dizendo não aos seus palpites.

– Senhoras e senhores do Olimpo, que há com o paladar de vocês? Eu envolvi essa carne em néctar e ambrosia, mas ela continua carne. Que pobreza espiritual é essa?

– Está nos desafiando, Homero?

– Dona Teresa, a senhora tem o mundo nas mãos. Palitos importados, tapetes importados, lenços perfumados recolhidos de vôos internacionais e o êxtase da santa que é universal...

– Onde está querendo chegar?

– Ora, comam mais, para ver se adivinham. Essa carne é rigorosamente nacional.

Avançaram no espeto como urubus famintos envernizados de polidez.

– Só pode ser filé de galinha caipira com óleo de amêndoa.

– Não!

– Peito de peru com...

– Não!

Dona Teresa destacou:

– Sem ironia, a festa ficou mais gostosa. Vou pegar Pelopa para o mingau, Homero, e logo depois eu mato o mistério.

E saiu, serrando uma fatia entre os dentes. E eu continuei a provocá-los:

– Que tal ir até a cozinha enterrar o enigma?

Dona Teresa voltou assustada do quarto. Na cozinha, além das carnes, tinha pedacinhos de dedos, cabelinhos leves espalhados, uma chupeta e a mamadeira enfiada numa cabecinha de anjo.

O MILAGRE DE ALANA

1. Na vida há os que. Mas há também os que não. E Ela era dos que não. E se. Foi tudo rápido, como se. E nunca mais? Mas como de, pois? Enquanto isso, o mínimo de, talvez. Não encontro ainda a. A que. E Ela sabia, Ela sabia. Monástico, sim, e? Não por, mas sim pela. Contudo, nem sempre a gente, como dizer?, nem sempre. E as sílabas, os, aqueles? Nunca mais? Nem por milagre? Você sabia, Ela, ao menos que fosse. Se não soubesse, o seu, ah!, o su. Ela se su. Por isso as não, o su rápido, parecendo um. E dois, e três, e dez, e. E a aparência era de que. Ela nunca aceitou que eu. Mas Ela sabia. E se su, Ela, se su, é verdade? Ainda acho que foi apenas um, digamos, apenas um. Mas Ela se mesmo, não finja que. Ela, dito e feito. E eu que tanto me, que tanto queria. E o gatilho com, o dedo com, Ela sem. Mas Ela sabia. E eu não posso ficar me, não posso. Ela que. Em silêncio, foi só o, uma vez que. Eu não posso, Ela. Nunca poderei. Apesar do, das, dessa. E esse médico, essas moscas, essa cama na qual? Não, Ela, você sabia. E destruiu o mi, o la, o gre, o maior dos. O maior dos, Ela, o maior dos. E nunca mais? Ah como dói esse, ainda que! O, as, essa, tudo menor. Você foi dos que não, Ela. Eu, com o, com as, com essa, ainda sou dos que. E o maior, Ela, logo o maior? Na ponta, e nunca mais.

Anseio

Bastou um abraço sepulcral da solidão
Para que a poesia fincasse os pés em meu fosso
                         em meu poço
                         em meu osso
                         em   meu   moço
                         reconhecimento
                de um mundo tão grande e cada vez menor.
Por que, Pequenina, não respeitei tua grandeza?
Por que transgredi as letras impressas em ti
         pela tipografia do irreversível?
Por que brinquei com o insubstituível, o único,
         fólios da autenticidade que nem os monges
                       compilam?
De tuas fontes não-renováveis,
         restam tronos enferrujados de utopias
         sobre séculos de opressão e fastio.
Então me apareces, Alana, toda chuva,
         toda seqüenciada de pingos,
         gotículas de orvalho milenar
         a convergir para um segundo de meu delírio,
         após a paz e o pus que me conflitam.
A consciência te reclama como recompensa,
         recompensa saco-dida para longe de Ítaca,
         Ítaca cercada de pretendentes
                onde não desembarcarei.
Código irreprodutível, sequer redutível às agulhas de vidro
         que caíam, em dias de chuva,
                no chão chileno de Neruda,
Átomos de desejos infissáveis,
Catedrais sublimes a escalar os degraus interiores
         de meus anseios,
Não há vocábulos, aristotélicos ou experimentais,
         que recriem tua possibilidade.
Forma unívoca, és fórmula dadaísta
         que o tempo compôs e destruiu.
E teus olhos, lapso do Criador, o Irresponsável, o Imprudente
         Que expôs aos terrestres
         o protótipo de lagos apaziguados que o Próprio
         contempla de sua cadeira
                agora vulnerável?
E teus cabelos, concentração e dispersão de metáforas,
         transferências de sentidos

> que enchiam meu oco de núpcias,
> de braços moleculares esparzidos de chamas
> extintas, de líquidos primevos de onde
> os seres se oriundam e abundam teu seio
> inflando o coração do barro
> com milhões de pancadas?
> E tua pele constelada de mordidas, de sinais,
> de sêmen de uma garganta espremida,
> duchas de saliva irrigando teu hemisfério intacto,
> aquedutos de vinho atravessando as uvas
> de teus seios?
> Pudera eu de novo amar
> e viver
> e sumir e mergulhar no útero de tua gênese
> E fundir o êxodo de meus dias em tua boca concreta
> de carne, osso, dentes, língua e céu finito
> E dilatar teu rosto esmagado de beijos
> E expor meu homem frágil às retinas do mundo
> E desmanchar as tuas fibras de argila
> Até diluir as pupilas que Deus esqueceu em ti.

2. Homo. Melhor, bi. E por que não? O su é que não. Mas Ela, por quê? Você não sabia ? Então por quê? Os e que os que não podiam até se, ora, podiam. Nada impede. Agora impede. Já não há como. Ela des, Ela se. Não ficou a, a não ser o, as, essa. Acha que o médico, Ela, acha que? O médico? Milagre, Ela, não é com. O dedo, sim, antes. E o maior dos, Ela, mas como? Homo, bi, você sabia. Nunca fui de, ah!, o dedo. Antes, Ela, antes. E no entanto me no, nas, na que a qual o dedo puxado, e logo o, o maior mi, não posso, ora, não fui eu. Ainda sou dos que, por que não? E Ela, num segundo, nunca mais. O próprio já tinha, sim, já. O único, uma vez que. Desde aquele. Não dos que, mas dos que não. E não, mas como não? Os dois, Ela, com você. A única que, era, agora impede. Se fosse antes. Se o dedo não. Mas o dedo, Ela, o maior de todos. Muitas vezes, o dedo, o maior de todos. Por dentro, por fora, nada agora. Agora só o, as que. E nunca mais.

HOMEM QUE É HOMEM

> Alana, mãe, filha e mulher de meus desejos,
> És a própria necessidade
> E até a soberba de Zeus se curva aos pés

        da Necessidade.
Ouço o tilintar cristálico de tua língua entre meus dentes,
De teus quadris a exigirem beijos microscópicos
                            em teus poros.
Penduro pontas de sonhos
Nos eixos de grafite que teus seios expelem,
Mas não me sustento, ainda que o mundo se mova e me dê
                o apoio e a alavanca de Arquimedes.
Aqui medes meu limite.
Em teus dedos deténs o alicerce de minha fragilidade.
Em tuas tetas trituras tanto o teto de meu castelo,
Que a Casa de Usher não hesitará em desabar
                sobre mim.
Sobre mim guardas uma imagem negativa
Que Eulálias, Beatrizes, Galas, Marílias, Desdêmonas, Antígonas,
                Marias,
A fina flor da humanidade
Não ajudará a apagar.

De Antígona a Desdêmona,
Fui estúpido e ridículo.
De Eva a Ela,
Feri três letrinhas.

Então aparece Alana, a Milenar,
E me perfura a consciência máscula
Com jatos de amor que só descubro, como um Colombo tardio,
Com os galeões obsoletos de minha ignorância.

Alana vem,
Me emburaca em cápsulas de angústia,
Em grutas inacessíveis da miséria elevada,
E eu, consumido por crateras miúdas,
Meço em cada célula
A milenaridade de minha estupidez.

3. Ora, pois, o que não. Só. Sim, mas não. Nem por. É, Ela, nem por. Desde quando o não, a não ser de agora? Agora impede. Será que fui eu? E o, as, a em que? Pelo qual já poderia até ter. Mas não. Foi o dedo. E logo o maior, como pode, Ela? Como pôde? Acha que é o médico que vai? Ela, foi o maior de todos que você. O dos. E nunca mais.

ALEGRIA

A necrose do espírito
                 é passo curto para o suicídio.
Pensei larga-mente nos limites da razão
E tive razão de sobra para largar o gatilho.

Ai de mim, Alana, não fossem os gatilhos
             de plumas
                       que enterraste em meus celeiros
Naqueles instantes em que nem o coveiro de Hamlet
             eu tinha!

Me exumaste a idéia fixa, o caixão já polido,
             a morte envernizada
             que me trazia cachos de boninas.

Ataram-me nas lenhas de Branca Dias,
             na guilhotina enferrujada de Antonieta,
             nos fuzis bolcheviques de Anastácia,
E só continuo em pé graças às varetas de amor
             que me estendeste em último fôlego.

Passei então a vasculhar a vida inteira,
             achar grandeza nos minutos,
             séculos de euforia nos segundos,
             milésimos mais bem vividos que anos.

Procuro hoje tua geometria de pinheiros
A me filtrar um oxigênio que eu não respirava
             nas bolhas de lodo de meu sarcófago.

             Já fui marxista, leninista, stalinista, trotskista, socialista,
comunista e, sem economia,
             Esqueci que a alegria
             Também é individual.

             Agora, com ponteiros no coração,
Sequer tenho tempo para debulhar as migalhas
             de minhalma passada
             a limpo por ti.

             4. E o gatilho, a fissão, a aflição? E as moscas, Ela, acha que elas

não? E a cama que eu, agora impede. Não poderíamos ter, Ela? Ela nunca aceitou que eu fosse. Que eu seja. Mas eu nunca, não, Ela sabia. O dedo dela sabia. Do dedo do outro, do beijo do outro, do sêmen do outro. Sêmen, semente, e agora nada, somente. Nem mente. As sílabas não se, é, não se direito, mas como? O médico disse que era porque, Ela. O médico foi quem disse. O dedo, o maior deles, antes o dedo que a cama. Que as moscas. Que o próprio de branco. Que o. Você sabia. Você sabia, Ela, que o. Mas a gente não podia? No entanto, em fração, as moscas sobre. E, desde sempre, nunca mais.

FISSÃO

Chega um tempo em que se diz: Meu Deus.
Templo de absoluta con-fissão.
Tempo em que se diz: Meu Amor.
Porque o amor pode ser útil.
E os olhos choram.
E as mãos tecem um de-sa-fio.
E o coração está cheio.

Vão mulheres bater à tua porta, abrirás.
Ficaste com Alana, a escuridão apagou-se
E na luz teus olhos se fecham, dormes.
És todo fragilidade, sabes sofrer.
Se nada é teu amigo, faz amigos.

Pouco importa a velhice, que é a juventude?
Teus ombros não suportam o mundo
E ele pesa mais que um bilhão de crianças
Em guerras, em fomes, em discussões dentro dos barracos.
A vida prossegue e tu te libertaste.
Outros, achando bárbara a barbaridade,
Preferem (os dedicados) seguir teu espetáculo.
Chegou um tempo em que não adianta continuar a morrer.
Chegou um tempo em que a vida não são os que te mordem.

A vida é uma pena sem transformação.

5. Ao menos em dois, Ela. Mas não é possível que. Elas sobre Ela, sobre o dedo, sobre o gatilho. Não suportei, claro, mas desde quando? E há quem? Ao menos em três, Ela, aceite. Nunca fui de, você sabia.

Como então puxou o que e o maior dos, logo o maior, Ela, foi você.
Você foi, você era dos que não. E os que não são, ah sim, e como são.
E três não pode? Dentro e fora, já que a única vez foi aquela que nós
dois, depois de nós três. Agora impede. Im. Des. Não, acho que não.
Finjo, mas é. Nunca mais.

AO MENOS EM DOIS

De novo, Alana, sopras um sopro sobre o que sobra
        de minha consciência nefasta.
Por que te deixei, se eras ímpar na vida
      e, impávida,
        me impunhas o ímpio do impoluto?
Remorsos fraturam minhalma,
        a definhar em campos nazistas,
        a se desintegrar em Hiroxima,
        a mendigar em buracos de Saigon.
Triste do herói que precisa de um povo.
Eu precisei, Alana, e não encontrei dedos ásperos
Sequer.
Se queres um cativo, te amiga-me.
Visitei o Nirvana de Augusto,
Fui hóspede de Neruda em Isla Negra,
Mas ilhei-me de letras alheias,
Me afoguei na Galáxia de Gutemberg
E esqueci o índice de teu carinho.

Em breve, só o vazio povoará meu quarto
        de água, lua e pão minguante
E só tuas reservas de flúor me farão soerguer
            e encher meu espaço com tua plenitude.

Vem com um ultimato e nos faz
        mergulhar no átomo primevo do amor,
        recolher a púrpura das borboletas esfaqueadas,
Para o triunfo da alegria
        ao menos em dois.

6. Ela, des, im, su, por um dedo, como pode? E o pior era que. As.
O próprio. Um grão só não, nada. Impede, sim, se fosse ao menos
antes. Antes de puxar, Ela, não posso agora. Você me, eu também,

mas o não é como. Ambos, não eu apenas. Era como se e você, ora, você sempre soube. E as sílabas de três, agora de um, o de branco. E se na, as em mim, como sobre você, no dia do. Que dia, Ela, aquele que só, não, até hoje. O de branco diz, não, não pode ser que tenha sido. Se foi, Ela, nunca mais. E não era por, mas pelo menos pelo grão, ainda. Não acredito que. Ela não é capaz de, vocês estão é me, estão querendo des, im, Ela se su, mas logo assim? Foi para, foi ou não foi? Foi, Ela, que eu te muito. E você me muito também. E seu dedo não? Como pode o seu dedo não? Por causa dele, o maior dos, nunca mais? E as moscas, as menores, o de branco, Ela, no lugar que você? E elas por cima, eu vi como, ainda não, pois que. Mas foi verdade, Ela, e essa você não. A outra, sim, essa última jamais. Nunca mais.

POR UM GRÃO

Fim da União Soviética.
Náufrago dos sonhos, és enfeitiçado por Calipso
          nas grutas do pessimismo que beijam
          a esquina do Hades.

Chega o minuto em que não perguntas: cadê o índio
                                                  a árvore
                                                  o bicho
                                                  a luta?
E as estalactites da desgraça estalam sobre tua graça.
Onde estás, que não vês Alana, que te tirou das cinzas
                    em vôos anti-suicidas?
O suicídio é uma medida poética
              que mede o medo e o modo
              do mundo moderno,
              dos mudos aos mitos,
Mishimas, Elises, Benjamins, Torquatos, Silvas, Dumonts,
                santos silvestres canonizados
                por broncos troncos
que gemem nas florestas derrotadas
                da humanidade.

Queres teu fim nesta lista infinda?
Queres te associar aos anônimos?
Antes a obscuridade de Plutão
                    que esta divina comédia que é o suicídio.

Que é o suicídio?
A cortina de ferro capitalista separa norte e sul.
Aumenta o rendimento da pobreza.
Tratores trituram orquídeas socialistas
    de tua alma fértil.

  Maridos separam norte e sul de mulheres
    com desdém, facas e balas.
  Equa-dores dividem teu pão e tua oceania
  E queres acelerar o ritmo dos gatilhos
    e a gula dos cemitérios?

  Espera! De teu subsolo poderá emergir Alana.
  Vives os últimos dias de paupéria, cem anos de solidão, crime
e castigo, e o vento levou os trabalhadores do mar e a mãe, santa miséria!
  Espera.
  O sol também se levanta.
  A condição humana é guerra e paz.
  Antes Judas, o obscuro, do que almas mortas.
  Espera.
  Confesso que vivi Alana
  E ela é toda tocha, miniatura de Deus,
    neblinas de vagalumes que fissam tuas trevas.

  Te pousará no momento em que os fios,
    películas de utopia que insistem em ti,
      resistam aos sinais de talo podre.
  E aí, assomada à tua vontade,
  A vida será o máximo, no mínimo.

  Espera, não dispara.
  Tua diáspora, áspera, não valerá uma ópera
        de mendigos
  E a terra prometida és tu mesmo.
  Outras uniões, outras totalidades são possíveis
  E Alana já bate em tua porta.
  Não precisas vê-la pelo olho trágico.

  O trágico é um gênero que deves reduzir a puro
    grão.

7. Monástico, sempre. Bi, mas pluri. Não podia desse jeito, de

repente. De nenhum jeito. O de branco diz que não. Mas foi. Estou lembrando do, da, de Ela no. Aos poucos, mas estou. No chão. E o sangue, o gatilho, Ela, diga que não foi, Ela, tanto que eu. O mundo muito pior, países morrendo, e Ela fazer o que fez? Agora eu estou lembrando, Ela. Você sempre pertenceu aos que não. Agora tudo impede. Potências falindo, muralhas desabando, estou lembrando, Ela. Não por causa do de branco, mas porque ainda sou dos que. E o maior dos milagres, logo o maior? O dedo. Antes o hímen, o dedo por, o dedo em. E dentro. E fora. E por que não os três? Você sempre rejeitou que eu fosse um dos. Entretanto, eu sempre me, não venha dizer que não. Não, o dedo só para a boca, para os buracos, não para o. Este impede. E você nem sabe, Ela. E quanto este impede! Porque o maior é agora o resto no qual. Nas moscas. Na cama. Eu cheguei a ver Ela com o. E as já por. Gatilho. Cima. Não pode ser jamais, mas foi. E pra que o, Ela, pra quê? Monástico, continuo sendo dos que, não dos que não, dos im, dos des. O diz que. Mas não é, nunca foi. E você, Ela, nunca mais.

PÓ MODERNO

Minha vida diária, deletéria, assíria,
        é uma história de penúria.
Míseros ossuários brotam brutos
        das covas que cavo em curvas
        de meu cérebro,
        de cruzes que encravo e crivo no solo da alma,
        de epitáfios que escrevo, escravo,
        em minha curta carta de alforria.
Cérebro, alma, alforria, tudo se reúne
        na falência.
O cérebro de Marx celebram falido.
A alma proletária virou lama.
A alforria? Ria.
E o capital exprime o mando,
        espreme o mundo,
E eu, capitão de meus turvos estorvos,
Entrevo-me e entravo-me.
Entrego-me sem tréguas aos tragos das trevas
E me diluo nas pupilas de Tânatos
        que tanto me paqueram e me desejam.

Ouço falar de pós-moderno em favelas,

    em casebres a vomitar minha presença,
    em estômagos de barro de crianças
    a sonhar com Papai do Céu e Papai Noel
      em berços de taipa.
Posso, sem revoltas, armar-me?
O tempo é ainda de fases
E quero valores permanentes
    fora o lucro e a pobreza.
Quero uma mãe, ainda que na Sibéria.
Quero carão e carinho, para me sentir um filho.

Alana, onde estás, que não respondes?
Descola-te do colo do céu e me nina, menina,
Antes que os tártaros minem
    minha última esquina.

8. Não aceitou, depressão, dedo, gatilho, moscas, o de branco. Pó. E eu também pó, Ela, mas ainda dos que. Afinal, foi você. Dedo para carinho, não para as. Por cima. Eu vi, Ela, por isso estou nessa em que só o e as me. Mas eu não me, o dedo. O maior, Ela. No entanto, de maior a pó? Eu cheguei a ver. Por isso ainda não me, mas o de branco, não, eu sozinho! Eu sozinho! De três a um, mas ainda sou dos que. A decisão, afinal. E nunca mais.

ALANA PROMETEU

Alana, em sua banheira, com as espumas do esperma
              de Zeus,
  me convida à ante-sala do Olimpo.
Chego à borda dela,
    Dante às margens dos lábios de Beatriz,
E o ferrão da felicidade penetra minha carne escrava
      na abolição absoluta da dor.

Nada há de relativo em ti, Alana nua.
És toda espaço e tempo, dimensão e quantum,
    galáxia e gala, teatro afro-dionisíaco
    que explodiu no big-bang
      e se abrigou, sem brigas, em mim.
Brigas apenas com a excepcionalidade do planeta,
    a violência, a amargura, as guerras que eclipsam
    milhões de anseios na mais completa normalidade.

Suspendamo-nos no infinito, em cujo vilarejo iremos findar.
Nos pólos oníricos
Colho este fluxo de eucalipto que escorre de tuas pernas
Para fundir e fender farpas de desejos,
        fiapos de ternura,
        embalsamando múmias interiores
        e arquivando cicatrizes jamais consultadas
        na emancipação do sublime.

És toda Todo, Alana, e o Apocalipse se abisma
        ante tua monstruosidade.
Valquírias, magnólias, besouros trafegam a teu encontro,
Pirilampos alumiam tua vagina escura,
Mas todos escapolem de minha boca molhada
        em vômitos incontroláveis de amor.
Com a ajuda dos Titãs que trago nos dedos,
Deponho Zeus e liberto o que meu sonho prometeu
                        preso no Cáucaso.
Por Zeus não zelo, é zero, elo que amasso, porção de cal
        triturada a meu gosto,
        enquanto de teu rosto
            arranco carícias e delícias e primícias
            de humano para humano.

Num espasmo,
        imprimo meu esperma entre os pomos
                de teus seios jônios
E nem a fúria de Aquiles fissará o pólen reconstituído
        que nos enclausura da angústia dos homens.
Ponto perdido no espaço,
Pode o cosmo se abrir sob nossos pés.
Enquanto isso, deixa-me esquiar
        em tuas cataratas de trigo,
        nas microveredas de flor de jambo
            que convergem para teu ventre,
                drenar o néctar de teus mamilos
                para meus lábios agrestes,
            pulverizar-te de beijos nos ilimites
E suprimir a paixão implume
        de nosso primeiro olhar.

9. Para sempre, Ela, dos que. O máximo de. Você não poderia também? E o poder? E a imaginação? Nunca mais.

MINHA MINUTA

Tens lutado e latido
Mas o tempo hesita
E a lentidão dos êxitos enluta e enlata
        o a que aspiras.
Respiras débil e indúbio reparas
        o nítido nada que conseguiste.
Nada? Não consegui nada depois de tudo?
E todo um tédio de atordoa.

Com rugas carregas o ônus dos anos,
Sinais senis que te encrateram e te encaricaturam,
Enfim, o fio de completos conflitos
        que teces e torces
        seguindo os segundos.

Pilhas de palhas cobrem caibros de pátrias pútridas.
Aumenta aos montes a fome infame
E o capital capataz reina nas ruínas
        de fragílimos flagelos
        sem uma gleba no Globo.
Padres podres empecam e emporcam
        povos parvos
E ontem é antes de ontem
E antes de ontem é antes.

Triunfam sobre teus poros
E puros papiros pegam e apagam.
Tapurus topam em tuas utopias
E tapam até o topo
        teus sonhos heréticos e eróticos.
És todo lodo de um lado,
Féretro sem fôlego de outro.
E em vão o vinho enfeitiça a taça
        onde escorre o escarro de séculos e ciclos
                de agudos engodos.

Recorres ao grato grito, a impulsos expulsos,
        ao despejo e ao despojo
        de desejos,
Mas a morte imortal te traz por um triz
Até não sobrar de teu ser sóbrio, moído e miúdo,
        a obra de um ébrio.

E a paz e o pus se curvam
        em senso sonso a teus pés.

Fissas fossos falsos
        que dominam teus diminutos minutos
        antes minados e munidos
        de meu amor.

10. Sempre que a me, desde que, não sou. Gatilho, Ela, jamais. E a culpa que se, ou seja, como se, isto é, a culpa? E você não, nenhuma vez? Só por um dedo? Os três não poderiam, os mais, por que não os muitos? Você sempre rejeitou e eu nunca lhe. De surpresa, no entanto, a sua. A decisão de. A vontade de. Culpa, moscas com culpas por cima, indo e voltando, culpa. O original de milênios. O peso dos. O peso delas, sobrevoando. Pensa que eu não vi, Ela? Eu vi. O puxado, você em. E o maior dos em agonia. O de branco não. O dedo sim, o de antes. E eu que fiquei na, Ela, não você. Mas, por enquanto. E nunca mais.

APÓCRIFO

Meus sonhos não têm autenticidade.
Não receberam o respaldo de Deus
E se tornaram apóstolos céticos, mais desnorteados
        que Conselheiro.
Canudos infernais me atravessam o espírito são
E o Aqueronte burbulha
        em minhas veias sulfúricas.
Atlas moderno, minha consciência está mapeada
        de feridas,
        atrozes cicatrizes que perfuram por fora
        meu cérebro nu,
        dado a dedo à bandeja de Herodes.
Eros e odes se alonginquam de meus sentidos
E a tomada da solidão me choca.
Chego e enxáguo os tumores íntimos,
        mas já são monumentos
        à revelia da História.
Cadê os ideais?
Cadê a fome da revolução?
Os poemas do Dr. Jivago?
Cadê o ursinho, Alana, o ursinho socialista

     que fez o mundo chorar de alegria?
Cada pergunta patética
E não há quem as preze.
Em vão cristos se cruzam em minha via,
Em vão cruzes cristalizam-me a imagem
    de salvação.
Agora, Alana, que te distancias de mim,
Sê ao menos feliz
    para que as muletas de minha alma
    não apodreçam de vez.
Alana doce, quanto de teu mel não forneci
    de meus enxames de amor,
Mas pareces lembrar apenas o fio salgado do fim.
Alana amarga, quanto de teu sal não são lágrimas de cal
    no porto inseguro que te construí.
Meses e mais meses e mais meses não me alegram
E milagres malogram
    em meu benefício.
Para onde vôo, se a pena da alma,
    tão pequena,
     caiu na lama?
Por mais que me perdoes, Alana álamo,
Teu álibi alivia só parte da fratura.
       A outra,
   sem as alas de Pégaso ou de um zepelim,
   arrasta-se, em autoflagelo,
     numa escada para o céu.

11. As moscas por cima do mundo. Gatilhos sobre países. Cadáveres de potências. E não há quem? Mas há os que. Há também os que não e Ela era dos que não. Por enquanto estou entre os que não. Por enquanto. Estou me lembrando. Logo você, Ela, não você, mas o maior dos milagres? Não, Ela, por favor, não puxe. Só para nunca mais?

EX-PURGO

Estou na fila, Alana, com um tico
    de esperança.
Derrubaram o Muro de Berlim
    sobre minhas vértebras.
O capitalismo agoniza há cinco séculos
E o socialismo agonizou de vez.

Os bosques da Ucrânia, ex-paraíso em minha mente,
    reedição do Éden,
    mentiram para mim.
20 milhões de cadáveres sob os calcanhares nazistas
    para quê?
10 dias que abalaram o mundo
    para quê?
Ando hoje nas ruas sob trovoadas de cuspes,
    foices que degolam e engolem meus prazeres,
    martelos que crucificam minhas fantasias.

E a carência me preenche.
E a massa acre apodrece nas esquinas.
E um cálice colossal de miséria-prima
    prima pela embriaguez
    que entorta as raias das ruas
    sob meus pés inchados.
Nem Édipo ficou tão cego
    pela União Soviética.
Nem Antígona cobriria meu cadáver
    cada vez que desenterrasse os defuntos
    de Stalin.
E rachados rochedos deságuam
    na única foz que fiz.

Aos trancos, trunco o tronco podre
    que avança, em desavença, sobre minhas raízes
Mas o percurso da podridão é maior.
Resta-me teu celeiro de carinho, Alana vagina,
Alana grão, Alana crua, Alana nau.
E o beco de tua boca só tem saída pra dentro.
Teu olhar morde pontinhas de desejos
    que enfinco em teu sexo maciço
E toda minha alma se masturba
    sob os olhos alegres de Deus.

Coma-me, toma-me, soma-me
    às tuas galáxias de delícias.
Coma sem aparelhos, como um primitivo.
Ereto e reto na cama
    de hospital,
Meu desejo espera teu desejo.
Além disso... desço o além.

12. Monástico com o prazer. E Ela des. Eu dez. Sem limite. Médico, cama, moscas, nunca mais. E Ela, de surpresa, moscas por cima. Não teve quem, não houve como. Quando cheguei, ah!, agora impede. Você sabia, Ela, pra que essa extravagância? E eu aqui, até o dia em que. Pra sempre não. Nunca mais.

INCONCLUSO

A solidão é o mais claro e obscuro dos refúgios.
Caverna grotesca em metrópoles, paralisa olhares
   em cada es-quina.
As pessoas andam paralelas, não se encontram
   nem no infinito.
Faíscas de solidariedade arranham o horizonte de pedra,
   apedrejado por desejos inconclusos.
O amor, causa de tudo, é causa de nada,
   ossos impúberes que não se ossificam,
   desossos, destroços.
Nesse espectro de trevas, até Deus é finito e precário
E o mais absoluto e obsoleto do homem, o Mal,
   desagrega suas moléculas divinas.

Que fazer, Alana, para preservar ao menos
   um vagalume que nos guie?
Fracasso após fracasso, após fracasso, após fracasso,
   fraquíssimas são nossas resistências
     ao triunfo da derrota.
Depois da queda do Muro,
   minhas verdades apodreceram chorando.
Meus ideais farejam bolsos de mendigos.
E o Muro sou eu, destijolado, violado
   por diásporas de tapurus
   que se espalham e se espelham em mim.

Devemos, nós dois, nos refugiar em mais uma gruta?
Nos enconchar como tantos alheios ao caos planejado?
Ah, mocinha! Meu mais pleno plano, agora,
É me imortalizar na película de teus lábios
E te esfacelar com rajadas de beijos
   que vibrem
     em teus mais íntimos átomos.

13. Conheci Alana aqui no hospital. Cabeça excelente. Não linda tão quanto a outra, mas me aceita completo. Eu aceito ela completa. Se a divisão continua no mundo, que caiam os muros entre nós. Já combinamos tudo. Anseio de homem que é homem é alegria, não fissão. Alana prometeu me preservar do pó moderno. Troquei por um grão de compreensão minha minuta do passado, ex-purgo de mim mesmo. Mas o plural tem que triunfar nesse mundo apócrifo, ao menos em dois. Inconcluso, talvez Alana me conclua. Alana, não, o maior dos milagres. Contra esse, em mim, não há gatilho.

A IMAGINAÇÃO DOS ANTIGOS

Desde 1993, quando o célebre Arcebispo de João Pessoa, Dom Euclides Martinho de Gadelha, lacrou a Biblioteca da Igreja de São Francisco, a cidade pareceu desmemoriada e vaga. Não se sabe ainda hoje, três séculos depois, quanto poder Dom Euclides tinha nas mãos: era admirado ao mesmo tempo por altos escalões das Forças Armadas e dizem que o próprio Papa de então, João Paulo II, tinha medo dele. As informações são muito prolixas; diluem-se em palavreados eruditos que não descem ao concreto e ao essencial. Nós historiadores vivemos hoje praticamente do presente. Que revelações temos acerca de nossos antepassados? Todos os livros que circulavam na cidade foram trancafiados na Igreja. A Polícia Secreta, na famosa Operação Limpeza, invadiu as últimas casas que resistiam à opressão. Belíssimas bibliotecas particulares foram aprisionadas e transformadas em propriedade do poder eclesiástico. Vagas lembranças nos dizem que os protestos contra o retorno de uma tal Idade Média resultaram em nada. As campanhas moralistas do Arcebispo foram mais fortes e convincentes. Hoje, na qualidade de Reitor da Universidade Federal e historiador, fui chamado a abrir a Biblioteca e preencher uma expectativa de trezentos anos.

Falo de João Pessoa porque é minha experiência imediata. Mas sabe-se que o movimento regressor foi nacional. Várias potências externas começaram dando o exemplo, quadruplicando a produção de computadores e substituindo a cultura dos livros. Hoje, com os problemas básicos resolvidos em todo o mundo, não há por que esconder o passado. De fato, a evolução do capitalismo se deu com a participação cada vez maior dos trabalhadores na administração e nos resultados das indústrias. Não há fome, violência, guerra, mesquinhez, marginalidade, o que tudo indica ter sido a marca dos antepassados. Assim, depois de tomar corpo em países maiores, como o Canadá, os Estados

Unidos e a China, o movimento de fraternidade universal pela cultura chegou ao Brasil. São Paulo deslacrou suas bibliotecas; a Biblioteca Nacional do Rio de Janeiro, que ninguém sabe quem fundou, foi inteiramente exposta ao público. Recife, Curitiba, Porto Alegre e Fortaleza seguiram o exemplo. João Pessoa, finalmente, vai desenterrar a memória da humanidade e afastar para sempre o fantasma de Dom Euclides.

Fui chamado para abrir a Biblioteca de São Francisco apenas simbolicamente. De fato, o que me espera lá é um debate com milhares de estudantes, pais de família, trabalhadores, que, como milhões no resto do mundo, querem saber por que tanto obscurantismo em torno dos ancestrais, daqueles que construíram nossa história não se sabe como, quando, com quê. A abertura, de fato, é mais uma solenidade. Há mais de uma semana que o público lota a Biblioteca em busca de informações. Virou febre falar do passado em nossa cidade. As televisões não falam em outra coisa, aqui e no mundo. Pouco a pouco, os livros estão sendo distribuídos em vários lugares, para descentralizar as informações, socializar o conhecimento. Muitas empresas de informática ofereceram à Prefeitura total apoio à disquetização dos milhões de livros retraídos em trezentos anos de silêncio.

Fui surpreendido na entrada da Igreja por uma salva de palmas. Rostos aos milhares, de jovens alegres e descontraídos, marcavam presença firme no local. E parecem atribuir a mim a importância maior no ato, como se eu pudesse responder a todas as perguntas deles e como se eu tivesse mais memória que eles. O que sei do passado tem pouco mais de uma semana. Ainda estou – como dizer? – chocado, surpreso, abalado com as leituras, que devem mudar substancialmente a visão que fazemos hoje de nós mesmos. Contudo, sente-se uma coisa muito forte entre os jovens: a dúvida. A dúvida sobre o que os antigos escreveram sobre si próprios. Quando o debate começou, a tendência não foi outra. O Prefeito, o Governador, o Arcebispo, professores universitários, cientistas, todos fizeram questão de compor a mesa. Mas a maior parte das perguntas eram dirigidas a mim. Como as ânsias eram ilimitadas, foi estabelecido um minuto para cada pergunta, no máximo, e três minutos para a resposta. Depois das apresentações formais, o Arcebispo Dom Claro Alves colocou a palavra aberta ao plenário e muitos jovens se inscreveram. O primeiro deles dirigiu-se ao Arcebispo:

– Dom Claro, por favor. Sou aluno do Colégio Santa Teresa e nunca soube por que o colégio tem o nome de uma santa. Quem foi

Santa Teresa? Por que a maior cidade do país é São Paulo? Quem foi esse santo? Por que o nome de um homem na cidade de João Pessoa? Quem foi João Pessoa?
O silêncio era simplesmente total.
— Meu filho, respondeu o Arcebispo, não sei se estou preparado para responder todas as questões. Mas tudo indica que a Igreja, hoje completamente transparente e aberta ao público, foi muito fechada e teve muito poder no passado. Havia um livro chamado Bíblia, que vocês já devem ter encontrado e lido neste último mês. A história de Paulo está lá: eu mesmo a devorei como se tivesse recebendo iluminação de Deus. O Tratado assinado por Dom Euclides, há três séculos, junto com a ONU e outras instituições poderosíssimas do século vinte, proibiu a própria Igreja de ler e estudar a Bíblia. Você é um desinformado, meu filho, mas eu também sou. O Tratado, em papéis originais, foi encontrado agora na Biblioteca e comprovou muitas intuições nossas.
— E Santa Teresa?
— Vocês devem ter notado que a imprensa tem reclamado de minha ausência em tudo. Na verdade, venho lendo intensamente há um mês. Santa Teresa era uma mulher de Ávila, na Espanha, que se dedicou inteiramente à vida simplória e a sacrifícios. Só queria ter prazeres espirituais. Com o tempo, começou a dizer que estava recebendo revelações de Deus. E que nenhum prazer mundano compensaria essa comunicação direta com o Ser Maior.
— Mas, Senhor Arcebispo, o Senhor não acha que há fantasia nisso? E a história de João Pessoa?
— Creio que o professor Galileu, Reitor da Universidade, responderá melhor.
Fui direto ao assunto:
— Desde que me formei como historiador que procurava um sentido para o nome de nossa cidade. Tudo era escasso. O que aprendi ultimamente é que João Pessoa foi um líder político daqui assassinado em Recife, em 1930. Ele tinha brigas políticas e pessoais com um tal de João Dantas, que o assassinou friamente numa tal de Confeitaria Glória.
O estudante não ficou satisfeito:
— O senhor acha, professor, que existe verdade nisso? Como pode um homem matar friamente outro, confundindo questões políticas e pessoais?
Dom Claro Alves fez questão de ser rigoroso no controle do tempo. Alegou que outros debates viriam. As perguntas eram muitas.

Outro jovem levantou-se e se dirigiu a mim:

— Achei fantásticas muitas histórias da Bíblia. Compartilho da opinião do colega: os antigos tinham uma imaginação muito inflamada. Há um trecho aqui em que Sansão, líder dos hebreus, mata mil filisteus com a queixada de um burro.

As gargalhadas foram gerais.

— Quem acreditará nisso, professor? Jonas, um profeta, passou três dias dentro de uma baleia. Um tal de Moisés abriu o Mar Vermelho para o povo de Deus passar e sair do Egito.

O Varadouro foi novamente sacudido por trovoadas de risos.

— Veja bem, professor, não estou debochando. Mas quem de bom senso dará crédito a essas escrituras? Em alguma fase de sua história a humanidade acreditou nisso? Pior: por que prender por tanto tempo informações que têm produzido mais gargalhadas e diversões? Será que Dom Euclides tinha medo do riso?

Respondi:

— Dá pra ver que a intenção de vocês não é de deboche. Mas o riso tem sido inevitável. E não só aqui. Estão chegando informações do Japão agora. Quando vinha de casa, vi uma reportagem sobre duas cidades bombardeadas numa guerra terrível. Milhares de japoneses morreram instantaneamente. Várias gerações nasceram mutiladas. E ninguém por lá acredita.

Tomei fôlego.

— Quanto à Bíblia, porém, estamos prevendo uma discussão de anos. Minha primeira leitura foi de choque: Deus fez o homem da terra e a mulher de uma costela do homem. Na segunda leitura, passei a ver tudo metaforicamente. As palavras são simbólicas e dão margem a verdades implícitas. Veja o caso das cidades bombardeadas: o bombardeio pode ter sido durante muitos anos para destruí-las por inteiro. Os relatos, no entanto, dizem que a destruição foi instantânea. Nisso aí pode estar contida uma hipérbole, da mesma forma que Deus pode ser a natureza e a criação do homem por ela um processo de milhares de anos.

Uma lourinha encantadora, parecida com minha filha, estava na vez:

— Minha pergunta é para o Governador. Sabe-se hoje, Governador, que a política exige muita transparência. No entanto, encontrei verdadeiras fábulas sobre a política do passado. Governadores mandavam matar jornalistas e não eram sequer indiciados. Prefeitos roubavam tesouros dos cofres públicos e jamais eram interrogados. Deputados mandavam assassinar líderes sindicais e permaneciam impunes. Devo levar a sério a imaginação dos antigos?

O Governador se pronunciou:

— O que está ocorrendo no mundo decididamente mudará nossa história. Porque só temos duas alternativas: ou acreditar nos livros, filmes e em todos os documentos, lamentando o quanto custou à humanidade termos o que temos hoje; ou simplesmente, em posição de superioridade, vamos ver os antigos como pessoas que não tinham conhecimento científico de nada e preferiam fabular. Hoje, não significa que não temos casos imorais na política. Estão lembrados do deputado Fortunato Nobre, que estava ganhando dez por cento a mais que os operários e teve que renunciar ao mandato? Mas é um caso isolado.

A jovem linda não se conformou:

— Governador, eu não estou agora querendo idealizar o passado e achar que era tudo uma maravilha. É lógico que havia corrupção naquela época. O que eu estou questionando é o nível da crueldade. Como pode alguém mandar matar um líder camponês que estava certo em sua reivindicação? Acho que há um pouco de exagero nisso.

Outro rapaz pediu a palavra:

— Ela falou de exagero. E eu estou aqui com dois livros que devem ser lidos o mais rápido possível por todos. Um é *História da Segunda Guerra Mundial*. E o outro é *História das Civilizações Antigas*. Tem muitos exemplares lá dentro. E eu gostaria de ler para todos alguns trechos. Por favor, não riam antes ou durante a leitura.

O Arcebispo interrompeu o jovem:

— Por favor, acaba de chegar uma notícia da Rússia: um terremoto arrasou a Ucrânia, com dezenas de mortos. Ajudas do mundo inteiro estão indo para lá. O Prefeito de Kiev agradece a todos o gesto de fraternidade, inclusive do governo brasileiro, que enviou muitos remédios e médicos para lá.

O rapaz começou a leitura. Era um trecho sobre a mumificação dos faraós:

— "Os egípcios acreditavam na imortalidade da alma. Por isso, quando um faraó morria, seu corpo era preservado para se encontrar com o espírito na vida além-morte. Como o faraó ia viver nova vida, em outra dimensão, toda a sua família ia junto. A esposa, os filhos, os escravos, o músico, os animais de estimação, todos eram obrigados a beber uma taça de veneno para acompanhá-lo. Apenas os sacerdotes escapavam, porque ficavam responsáveis pela câmara mortuária".

Depois passou para um trecho sobre o método de tortura dos romanos:

— "Quando os romanos ganharam as Guerras Púnicas, trouxeram de Cartago o método da crucificação para pessoas indesejáveis. Só que a crucificação cartaginesa era em forma de X. Os romanos a aperfeiçoaram para um T. Em alguns casos, porém, aplicavam o X com o indivíduo de cabeça para baixo, com os pés e as mãos atados à madeira por grossos pregos de ferro bruto. Havia também casos de esquartejamento lento do corpo dos desgraçados: presos políticos, ladrões, desordeiros em geral".

Suspendendo a leitura, concluiu:

— Sinceramente, Senhor Arcebispo. Acho uma grande conquista da Igreja e das instituições, a nível mundial, esse empenho em recuperar o passado. Porém, é necessário questionar em que sentido isso vai mudar nossa vida. Todos esses documentos não são convincentes. Me reuni com alguns colegas essa semana toda e essa semana toda não fizemos mais que ler essas páginas carcomidas e – diga-se de passagem – tão bem conservadas. Por que Dom Euclides tinha medo de mitos? Aliás, há contradições enormes: lemos outros textos em que os direitos humanos são totalmente respeitados. Vejam bem, as informações não se combinam. Mais que isso: não é fácil acreditar que o ser humano não tenha misericórdia de outro, em alto grau de penúria. E que não haja resistência a agressões de tal porte. Como podem os romanos praticar tanta violência e hoje Roma ser a cidade do Papa? Como pode um músico do faraó continuar sendo músico do faraó sabendo que vai morrer junto com ele?

Dom Claro foi adiante:

— Dúvidas como essas estão nos assaltando a todos. A própria Bíblia, que agora deve ser resgatada, por ordens superiores de João XXIV, tem passagens delirantes: um tal de Jeová, Deus dos hebreus, inconformado com a infidelidade de seu povo às leis de um tal de Moisés, ordenou que os homens lançassem longe suas espadas e logo depois as pegassem e se suicidassem. Nesse ato, morreram três mil hebreus! Quer dizer: uma verdadeira chacina para quem só queria o bem de seu povo. Cartas do mundo inteiro têm sido enviadas ao Vaticano. E todas têm algo em comum com vocês: a dúvida sobre a veracidade das narrativas.

O aluno continuou:

— Como o tempo é limitado, gostaria de ceder o espaço a outros. Depois farei algumas perguntas sobre o que li a respeito da Segunda Guerra Mundial, que ocorreu há mais de trezentos e cinqüenta anos.

Levantou-se uma aluna do Colégio 2002:

— Desde pequena venho me impressionando com um nome estranho: "odisséia". A televisão fala muito nesse nome. Qualquer cidade grande construída, por exemplo, é uma "odisséia". Qualquer realização do Governo Mundial é uma "odisséia". Estudo num colégio que se chama "2002: uma odisséia na educação". O plano do Senador Heródoto para dedicar pesquisas ao passado foi considerado uma "odisséia". E que há de atrativo nessa palavra? Nenhum professor nunca me disse a origem; os dicionários falam apenas de "alguma realização grandiosa". Andando na Biblioteca, porém, descobri um livro chamado exatamente *Odisséia*. Fiquei literalmente louca. Nunca li tantas maravilhas, caros senhores. Mas não acredito em nenhuma delas. O autor, um tal de Homero, não sei como despertou a ira de Dom Euclides: sua imaginação é inofensiva. Para termos uma idéia, Penélope, a esposa de Ulisses, passa vinte anos sem o marido e se mantém fiel.

Apesar da seriedade do debate, que ia mudar pra sempre a história de João Pessoa e do mundo, ninguém conseguiu conter o sorriso.

— Vinte anos de fidelidade a um marido ausente, já dado como morto! Como um livrinho desse, uma cartilha de menino, pode ter sido proibido?

A pergunta da estudante deixava transparecer que não havia necessidade de resposta. Mesmo assim, levantou-se um professor universitário de psicologia e deu sua explicação:

— Penélope pode nem ter existido. Mas é símbolo da paciência e é assim que deve ser lida. Ulisses também pode não ter sido um grego real. Mas o seu criador, que ninguém sabe mesmo se existiu, o transformou em metáfora de algum comportamento humano. Aliás, nosso Reitor já disse isso aqui, quando falou de sua leitura figurada da Bíblia.

— Então, professor, se é tudo símbolo, tudo o que estamos lendo é ficção.

— Claro que sim.

— Então qual a razão da censura em temer símbolos?

— Uma questão bastante lúcida, a sua. Dizem as teorias, de uns três séculos para cá — para trás não sabemos — que os símbolos são mais sedutores que a realidade. Assim, Dom Euclides e outras autoridades da época, ao convencerem a ONU e a própria Igreja a reterem as informações, tinham medo de que esses fortíssimos símbolos do passado, que agora estamos redescobrindo, continuassem a influenciar negativamente o comportamento das gerações. E veja que de lá para cá só temos tido harmonia.

– Então o senhor é a favor da desinformação?

– Não foi isso o que eu disse. Apenas constatei que vivemos hoje num mundo equilibrado e que um certo desequilíbrio do passado levava as pessoas a delirar e escrever tudo isso como forma de fugir à realidade. Pode ver que hoje nós não temos escritores. E há muito tempo que os jornais não dão uma notícia de qualidade. Vocês estão muito seduzidos por leitura de violências, quando existem outras coisas. Festas, por exemplo. Há uma semana venho lendo sobre as festas da burguesia brasileira no século vinte. É uma coisa impressionante! Alguém se preocupou com isso?

Levantou-se outro aluno do Santa Teresa:

– Sim, professor, e o que li não deixa de ser fruto de uma imaginação violenta. Enquanto os ricos faziam orgias as mais extravagantes, trabalhadores dormiam embaixo de viadutos, podendo ser esmagados pelo que construíram. Ora, eu não duvido da existência de pobres e ricos; minha dúvida está na exacerbação dos dados. Oitenta por cento do povo brasileiro chegou literalmente a passar fome. Os miseráveis construíram barracos de madeira – já pensou? – ou de papelão – quem diria? – e há jornais que dizem que a pobreza chegou a tal ponto que não era qualquer um que podia alugar um barraco. Talvez o medo de Dom Euclides derivasse disso: de que as pessoas abandonassem suas tarefas cotidianas e prejudicassem o equilíbrio social vivendo de leituras inflamadas. Eu mesmo tenho ido pouco em casa. Vou lá só para o necessário e volto correndo para a Biblioteca de São Francisco.

O psicólogo continuou:

– As desigualdades brasileiras, segundo os livros que venho lendo, nasceram já no período colonial. Para quem não sabe, o colonialismo foi um sistema imposto por mais ou menos quinhentos anos ao resto do mundo pela Europa. O mundo chega à Primeira Guerra Mundial, em 1914, com apenas dois países fora do controle da Europa: os Estados Unidos e o Japão. Claro que isso não convence a ninguém. Desde quando uma minoria poderia dormir com a consciência tranqüila, sabendo que poderia ser arrasada pela revolta da maior parte do mundo? Mas não quero me estender muito. Já nesse período colonial tinha um padre que escrevia assim: "Enquanto os senhores de engenho se banham em ouro e prata, os escravos estão carregados de ferro". Este padre foi preso e silenciado pela própria Igreja. Que coerência existe em tudo isso?

Era infinita a curiosidade. Um assunto servia de base a outro, criando uma cadeia contínua de perplexidade. Um jovem do Lyceu Paraibano admitiu a ignorância dos ancestrais, mas assumiu a dele também, pois não sabia o que era senhor de engenho nem escravidão. No entanto, era especialista em computador e pela primeira vez, em quinze anos, estava tendo preocupação com o passado. Como historiador, expliquei, nos meus limites, o que ele desconhecia. Mas uma jovem que leu sobre os navios negreiros acentuou ainda mais minhas dúvidas:

– Peço a todos que prestem atenção ao que diz esse livro da Unesco, que era um órgão cultural da antiga ONU: "Cem milhões de negros foram transportados da África para a América. Dois terços deles morriam durante o tráfico. As condições eram das mais subumanas da História: falta de circulação de ar, de espaço, de comida, durante quinze ou vinte dias no mar. Os negros vinham entulhados em porões e um terço dos sobreviventes ainda dava lucros aos senhores. A própria Igreja tinha um navio negreiro chamado Jesus".

Como há uma semana muitas pessoas já sabiam quem tinha sido (embora não acreditassem) Jesus, o sorriso alegre, em ondas coletivas, foi mais uma vez irrefreável. Até Dom Claro Alves riu de tanta incongruência.

Outro professor universitário, um economista, fez questão de inverter as relações do debate:

– Eu faço uma pergunta a vocês: pode haver crise de superprodução?

Por unanimidade, os jovens responderam não.

– Pois a maior crise do capitalismo até hoje foi a de superprodução, nos Estados Unidos. Alguém leu sobre a queda da Bolsa de Valores de Nova York?

Uns quatro ou cinco jovens acenaram positivamente.

– Pois bem. Dizem os estudos mais sérios da época que o século vinte teve, no meio de duas guerras mundiais, uma crise de superprodução. Ora, nós vemos hoje, a cada dia, que, quanto mais os países produzem, maior é o consumo, a distribuição entre os povos, a fartura, o padrão de vida. A Rússia, por exemplo, no ano passado, produziu tanto, que seu excedente foi doado em parte ao Brasil, em parte a Cuba. Da mesma forma, Brasil e Cuba não se cansam de ajudar outros países, inclusive o Japão, que sempre precisa de matéria-prima. Mas a imaginação dos antigos não tinha fronteiras. Pelo que li, meus jovens, os Estados Unidos produziram tanto, e tanto, e tanto, que entraram em crise, arrastando o resto do mundo para o abismo. E a solução para os americanos – vejam que absurdo! – foi exatamente a Segunda Guerra Mundial. Ora, minha gente, com toda clareza: pode existir crise com fartura? Não tem a menor lógica.

Já começava a escurecer e as expectativas só faziam aumentar. O Prefeito informou que o Largo de São Francisco, à noite, estava reservado à apresentação de filmes encontrados na célebre coleção de Dom Euclides de Gadelha. Informou ainda que as dúvidas estavam crescendo em todos os cantos do mundo.

– A Prefeitura de João Pessoa acaba de firmar um convênio com várias cidades alemãs, como Munique, Berlim e outras, que enviarão estudiosos para um debate só sobre uns antepassados deles que, segundo as fábulas, exterminaram milhões de pessoas que nada tinham a ver com a guerra.

Ecoaram aplausos entusiasmados da multidão. Tive nessa hora a impressão de que o descrédito geral fosse acabar cansando o público e esvaziando o Largo. Com o chegar da noite, porém, antes dos filmes, as perguntas foram se prolongando e alimentando debates sérios e polêmicas acirradas. Em toda a minha vida de historiador do presente e Reitor de uma Universidade, nunca aprendi tanto quanto naquela semana. E o mais gratificante é que, em termos reais, não havia hierarquia entre os componentes da mesa e os jovens. Estávamos em pé de igualdade.

Um jovem universitário se destacou entre os curiosos, chamando a atenção de tal forma, que parecia começar ali o debate. É que sua formação era em economia e havia uma semana ele vinha lendo exclusivamente sobre salários.

– Colhi dados que desafiam qualquer matemática, lógica, ética, razão, compreensão, sensibilidade, naturalidade, tudo. Parece que a economia antiga não tinha qualquer parâmetro. Por exemplo: um jogador de futebol ganhava fortunas milionárias, enquanto operários da construção civil não tinham nem direito à previdência social. Um vereador da cidade mais pobre ganhava umas cem vezes mais que um professor da cidade mais rica. E onde fica a objetividade das ciências dos números? E como pode um professor, que constrói a sabedoria de uma nação, ganhar muitas vezes menos que vereadores que ganhavam gratificações por sessões de ociosidade?

Quando pensávamos que o debate estava chegando ao fim, o rapaz do livro *História da Segunda Guerra Mundial* convulsionou de risos a multidão presente. Para começar, disse que só os nazistas exterminaram vinte e cinco milhões de pessoas: seis milhões de judeus, cinco milhões de eslavos, além de milhões de armênios, sérvios, bósnios, ciganos, homossexuais, deficientes, milhões de risos. No meio da alegria geral, fiz questão de me pronunciar com seriedade:

– Você põe em dúvida a guerra?

– Não, não é isso. A guerra existiu mesmo. Houve muita morte, muitos países prejudicados. Mas crer que pessoas inocentes, completamente por fora da guerra, foram perseguidas e mortas, isso não entra na minha cabeça. Ainda mais, professor, o ser humano, por pior que seja, tem limites. As pessoas param a uma certa altura. E os nazistas, pelo que li, não pararam. Chegaram a fazer sopa com as águas do rio de Auschwitz, totalmente cobertas de cinzas das vítimas dos fornos crematórios. A sopa era para os prisioneiros que ainda não tinham morrido.

O curioso desceu a detalhes:

– Para quem não sabe, uma das conseqüências da guerra foi a bipartição do mundo entre capitalismo e socialismo. Aliás, faço desde já uma proposta ao Prefeito: que abra uma semana de debates só sobre o socialismo, que ninguém sabe o que foi. Pois bem, como ia dizendo? Outra conseqüência da guerra foi a ameaça de uma terceira, com bombas que destruiriam inteiramente o planeta... Mas a imaginação dos antigos não pára aí. Há dois episódios da Segunda Guerra que eu gostaria de contar para vocês.

As atenções voltaram-se todas para o rapaz. Eu mesmo não havia lido detalhes sobre a guerra e dobrei a atenção:

– O primeiro episódio envolve uma equipe de médicos alemães, chefiada por um tal de Mengele. Este, em nome de experiências científicas, tirava até braços e pernas dos prisioneiros sem anestesia! Dava injeção de corante azul nos olhos das crianças para arianizálas! Os arianos acreditavam que eram uma raça superior e queriam limpar a face da terra das raças julgadas inferiores! Ora, se era assim, então por que perderam a guerra? As informações são totalmente desencontradas. E tem mais: será que os nazistas não tinham noção do sofrimento alheio? Existiu mesmo esse mal absoluto? O livro diz que os empresários alemães que financiaram o nazismo nunca foram punidos. Mas ora: puni-los por quê?

A Prefeitura anunciou que o filme da noite era um filme criado pelos próprios nazistas durante os massacres. Estava muito bem conservado e parece ter sido uma das preciosas relíquias de Dom Euclides Martinho. De repente, pensei: "Com o filme, vai ser difícil não acreditar. Mas quantos filmes de ficção já não criaram neste mundo?"

— O segundo episódio é mais ridículo porque envolve uma agressão terrível entre os próprios alemães! Um coronel alemão, Stauffenberg, voltou em 1944 da frente russa sem um olho e sem um braço. Quando chegou a Berlim, sentiu um clima de conspiração contra Hitler, o líder nazista.

Algumas pessoas cochichavam:

— Que nome estranho: Hitler?

— O coronel era especialista em explosivos e preparou a bomba. O motivo foi o seguinte: os generais já sabiam que a Alemanha estava perdida, mas Hitler queria continuar. E pensaram: "Ou matamos o fanático, ou ele nos mata". A bomba falhou. E então começou a caçada aos traidores, ao todo uns cinco mil, todos eles executados. Até aí eu poderia – digamos – imaginariamente concordar. Mas chega um ponto em que a própria ficção perde sentido. Quando pegaram o coronel, não fuzilaram logo, como fizeram com os outros, entre participantes e suspeitos. Primeiro arrancaram o outro olho dele; depois arrancaram todos os seus dentes com alicate; por fim, tiraram a pele dele com palha de aço e deram um banho de éter.

Se isso representou algum choque em livro ou filme do passado, agora era motivo de graça. Muitas perguntas ainda foram feitas sobre a irracionalidade dos narradores do passado. De fato, uns diziam que as pessoas compravam terrenos no céu, durante a Idade Média; outros diziam que os Estados Unidos promoviam golpes militares sangrentos nos países pobres e eram o país que mais defendia a liberdade e autodeterminação dos povos; que setenta por cento das indústrias no mundo eram de armamentos; que um rei da Inglaterra, um tal de

Henrique VIII, teve seis esposas e mandou decapitar três; que um tal de Stalin, ditador russo, perseguiu com tanto delírio o capitalismo em seu país, que mandou matar até escritores populares que recitavam poesias sobre os velhos czares; que os espanhóis, no México e no Peru, queimaram pilhas de nativos que não queriam receber a Palavra de Deus; que um industrial inglês, inconformado com seus lucros, um dia disse: "Se eu pudesse, anexaria as estrelas"; que Karl Marx, economista do século dezenove, morreu na sua mesa de penúria escrevendo um livro chamado *O Capital*; que os escravos só comiam uma vez por dia e eram a base do sistema colonial; que os homens dividiram o átomo e não dividiram as riquezas... Tudo ficção.

Quando a última menina, coradinha, linda, falou, só me lembrei de minha filha menor, que sempre chega em casa falando mal da escola. Qualquer criança gostaria de ter aulas ali, ao ar livre, quebrando a monotonia das salas fechadas e dos computadores. Qualquer criança gostaria de estar ali, ouvindo aquelas histórias, para impressionar a imaginação. Mas aqueles jovens já tinham passado da idade de acreditar em lendas da infância.

O MAL ABSOLUTO

PRIMEIRO ATO

PRIMEIRA CENA - Um ruminar de rezas vem lento e arrastado do fundo do palco. Uma aura de mistério e religiosidade encobre o lugar. Nada de apreensível à primeira vista. O palco está totalmente escuro. Mesmo o público, se necessário, deve ser envolvido em escuridão. Mas que haja distinção de luz entre um e outro. No fundo do palco, nu, virado para o público, com as mãos na parede, em posição de ladrão sendo revistado, o Frei Tito de Alencar Lima permanece em silêncio. O cenário deve sofrer leve aclareamento com a chegada do Padre que vem chamar Tito para dormir.

PADRE – Tito, vamos dormir. Já passa da meia-noite.

TITO –

PADRE – Tito. (*Se aproxima e vê em que posição Tito se encontra.*) Ora, Tito, eu já lhe disse. Vista a roupa, não tem ninguém aqui.

TITO –

PADRE (*mais perto*) – Ei, Tito, tá me ouvindo? Ei! (*para si*) Oh, meu Deus, de novo! (*Pega a roupa de Tito.*) Tome, vista, tá fazendo frio aqui em Lyon.

TITO – Lyon?

PADRE – Sim, Tito, Lyon. Ly-on. Você está na França.

TITO (*absolutamente imóvel*) – França? E ele?

PADRE – Que ele, Tito? Eu tenho que fechar o Convento e você precisa dormir.

TITO – Convento? (*Todas as perguntas de Tito são profundamente assombradas. A posição de imobilidade absoluta deve ter um destaque visual. De quando em vez ele grita, sem qualquer motivo.*)

TITO – É ele! É ele! (*Quase chorando, se abraça ainda mais à parede; vários padres vão aparecendo em cena e ficam entre assombrados e penalizados.*)

PADRE – Que ele, Tito? Você está em Lyon há três anos. Tem que superar isso, Tito!

TITO – É ele, o Delegado! Ele está em mim! Onde eu for ele vai atrás!

PADRE – Não tem perigo. Você está protegido aqui no exílio. Muitos tiveram destino pior, Tito. Tem que agradecer a Deus por ter tantos amigos aqui na França que o acolheram. (*Se aproxima.*) Venha, se vista. Vamos dormir.

TITO – (*Saindo levemente da posição inicial, de repente dá um berro que assusta todos os padres.*) É ele! Ele disse que não adiantava! Não adiantava eu ser trocado pelo Embaixador! Ele ia ficar dentro de mim! (*Vira-se e aponta na escuridão.*) Olhe ele ali! É ele! É ele! (*Chorando, como menino assustado.*) É ele! (*Continua apontando; no palco surge, pelos fundos, o Delegado com alguns auxiliares; ficam rindo de longe, mostrando uma maquininha de choque, enquanto Tito se apega ao Padre como criança em rabo de mãe.*) É ele! Vem com o choque. (*Chorando em disparo.*) Por favor, me proteja, Padre!

PADRE – Mas Tito... O delegado tá no Brasil... (*Tenta explicar, mas vê que é inútil.*) Ele não pode vir até aqui. E pra entrar aqui tem que ter permissão, você sabe.

TITO – Mas ele pode! Ele pode tudo! (*Aperta o Padre como sinal de insegurança; a equipe do Delegado se aproxima.*) Não! Não deixe eles me pegar! Naaaaaaaaaaaaaaão! (*Sai, correndo, mas por todo lado vão surgindo agentes da repressão; os padres se retiram e Tito é preso; instalam um cadeira toda de metal no centro do palco; Tito está tão aterrorizado que não consegue emitir uma sílaba! Sentado e cercado, ainda nu, é duramente interrogado pelo Delegado.*)

DELEGADO – Você pensa que está na França, seu padre viado de merda? (*Os gritos vão se alterando.*) Hem? Você pensa que vai fugir de mim? Você é meu, entendeu (*Bate no peito com arrogância.*), meu! Eu estou onde você estiver! Eu sou, a partir de hoje, a sua alma! Eu mando em você! (*Aproxima-se do ouvido de Tito e grita.*) Eu, entendeu? Você é meu! Eu mando no seu espírito, na sua vontade, na sua cabeça, nos seus gostos, até no seu cu, entendeu? Eu! (*Envolvem a boca dele com fios descobertos.*) Você nunca vai me esquecer, seu padre filho da puta! (*Ordena o choque, Tito berra.*) Podia estar trabalhando pro Brasil, pela nossa causa, e estava ajudando aqueles agitadores de merda! (*Ordena outro choque, novo berro.*) Tudo uns filhinhos de papai aventureiros que depois vão te deixar fodido, entendeu? Nunca pensou nisso, seu padrezinho ordinário? Hem? Já pensou? Mas isso você não vai esquecer! (*Outro choque, outro berro.*) Já viu isso aqui, não já? (*Mostra a ele um crucifixo bem rústico, feito de pano; Jesus Cristo é um boneco que é retirado do crucifixo e cinicamente passado nu entre as coxas do Delegado.*) Você nunca vai esquecer isso! Eu estou comendo Jesus, tá vendo! Estou comendo Jesus! Imagine o que eu não posso fazer com você! (*O curioso é que, até agora, o Delegado não tem encostado um dedo em Tito; de repente, pega o rosto dele com as duas mãos, ajustando-o para a frente, exigindo atenção, enquanto mantém o boneco entre as pernas.*) Onde você for eu vou atrás! Se eu posso comer Jesus, por que eu não posso ir atrás de você? Lembre-se: eu sou Deus! E vou mandar você pro inferno! Eu sou Deus, entendeu? (*Ordena outro choque, seguido de novos berros.*) Cadê que Deus te salva daí? Cadê? Porque Deus sou eu! (*Tito desmaia e o Delegado lamenta.*) Putaquipariu! Era presse merda ter suportado. (*Retira-se com a equipe.*) Mas logo mais a gente continua. (*Parabenizando os auxiliares.*) Trabalharam bem. Enquanto ele não acorda, eu pago cerveja pra todos. (*Saem; entra em cena, saindo da primeira fila do palco, o Diretor.*)

DIRETOR (*já com as luzes acesas*) – Não vou permitir uma peça dessa no meu colégio nunca! É um atentado ao pudor! Trate de ensaiar outra, Bolinha. Essa tá pesada.

BOLINHA – Mas Doutor Aragão... Pesada? Depois de tanto esforço? (*Pede mimicamente o apoio dos outros atores.*)

DIRETOR – Tá pesada. Se os pais virem uma coisa dessas, a gente vai à falência do dia pra noite.

BOLINHA – Mas eu explico aos alunos em sala de aula. Aliás, é isso que estou fazendo. Levando eles a distinguir entre linguagem artística e outros discursos.

DIRETOR – Não, não dá. Aquela cena de Cristo então... Você foi muito carregado.

BOLINHA – Mas não sou eu, é o personagem. Ou o senhor queria que um delegado que massacrou inúmeras pessoas recitasse sonetos de Vinícius de Moraes? (*Os atores riem.*)

DIRETOR (*saindo*) – Não dá e pronto. Arrume outra peça para o Dia das Mães.

BOLINHA – Então eu vou ensaiar aquela do ano passado.

DIRETOR (*parando*) – *Aqui Jaz a Escola*? Nunca mais! Tá lembrado da repercussão?

BOLINHA – Mas é isso mesmo! As mães têm é que saber do que está ocorrendo nos colégios particulares. (*Altera a voz.*) Ou elas vão morrer com o tabaco piolhudo de tanta ilusão? (*O Diretor desaparece em sinal de protesto; das primeiras filas do público vêm interjeições chocadas com o discurso de Bolinha.*) É isso mesmo! As senhoras têm que saber que seus filhos não estão querendo é nada! Que são uns viados, que têm é muito intestino grosso no lugar do cérebro! E o pior é que nem sabem nem têm interesse em saber! E as escolas só querem duas coisas: dinheiro e dinheiro! Tem gente até na secretaria especializada em mudar caderneta todo ano! Não adianta o professor ser sério, porque ele não controla as notas! E tem professor que não corrige uma linha, uma letra, e dá mais nota do que boceta na Maciel Pinheiro! (*Continuam as interjeições de indignação.*) Ohhhh uma porra! A escola particular está transformando o suor do cu de vocês em vulgaridade, abestalhadice em série! Pegue um só aluno daqui que saiba analisar os fatos, que saiba sustentar uma idéia, argumentar! Ninguém lê, ninguém discute, e muitos professores medíocres, que se passam por estrelas, também contribuem para essa indústria de ignorância! Esse colégio é uma multinacional de imbecilidade! E como é que as senhoras, no Dia das Mães, que deveria mesmo ser Dias das Tabacudas ex-Trepadeiras, vêm pra cá querer demonstração de ilusões? Isso mesmo! (*Acena para os outros atores.*) Escutem os Dez Mandamentos da Escola Particular:

1 - Amar ao Dinheiro acima de todas as coisas!
2 - Não jurar o santo nome do Dinheiro em vão! (*Os atores vão se revezando no recital.*)
3 - Não matar... a não ser se for por Dinheiro!
4 - Não roubar... a não ser roubar Dinheiro!
5 - Não desejar o Dinheiro do próximo... se o próximo não tiver Dinheiro!
6 - Não levantar falso testemunho... a menos que receba Dinheiro!
7 - Não mentir... a não ser que a mentira dê Dinheiro! (*Interrompem.*)

DIRETOR (*surgindo do público*) – Pára, pára! As mães quase me matam o ano passado.

BOLINHA (*como quem não quer e querendo*) – Ora, Doutor Aragão... Quem manda o senhor ter feito o que fez com Simone?

DIRETOR (*fora de forma*) – O quê? (*Recuperando a moral.*) O que é que você está querendo insinuar com isso?

BOLINHA – Insinuar, não! Eu sei toda a verdade. Ela era uma aluna que me admirava muito e um dia me contou tudo. Sofreu muito... terminou entre os urubus, e o senhor com os ovos cada vez mais pesados de ouro... Aliás, hoje é dia de pagamento e nada. Tá deixando render lá no open, hem? Ora... (*se aproximando*) só uma pecinha, Doutor Aragão, não faz mal a ninguém. Vai deixar, não vai? As mães vão gostar. A última que escrevi é terrivelmente bela: *Dia de Pagamento*. Acho que o Senhor (*olhando o céu*) não vai se opor.

DIRETOR (*querendo cortar conversa*) – Podem passar lá na Sala dos Professores. Barão vai pagar a vocês. Já ordenei. (*Saem todos e apagam-se as luzes.*)

(*Apagam-se todas a luzes. Quando se acendem de novo, o ambiente é a Sala dos Professores. Sente-se no ar uma revolta contida. Sente-se também, na disposição da mesa comprida, a nítida separação entre professores e professoras. Conversas as mais diversas. Só Bolinha une ou desune todos.*)

BOLINHA – É foda! O cara passa o mês todinho engolindo aquela pica branca que é o giz, chega no fim do mês e nada!

GATÃO – Também, tua matéria não serve pro vestibular... A essa altura eu já recebi. Porque matemática taí dando trabalho a todo mundo. Mas educação artística...

BOLINHA (*ironizando*) – Mas educação artística... Parece que tá com não sei o que do diretor na boca pra falar desse jeito. Vai lá na Maciel Pinheiro que as especialistas te diagnosticam.

ESMERALDA – Olha, não vamos baixar o nível...

BOLINHA – Quem começou a baixar o nível, professora, foi o colégio, que até agora não pagou a ninguém.

GATÃO – A ninguém, vírgula! Meu bolso tá cheio!

BOLINHA – Estão vendo? Quem mais recebeu aqui? (*apontado em volta*) Russo, Ariano, só professores do cursinho. Essa porra é assim mesmo: os do vestibular sempre em primeiro lugar! Não sabem que a gente constrói a base.

ARIANO – Base de que, rapaz? Educação artística nem cai no vestibular.

RUSSO – Num vai servir pra porra nenhuma. É música, é teatro, é cena não sei de quê. Já tem rádio e televisão pra isso. Tem mais futuro não, rapaz.

ESMERALDA – Tá, com isso aí eu não concordo. Porque a arte é uma forma de sublimar... (*No auge do discurso, é professor pra tudo que é lado.*)

MICHUPA – Que peido da porra! Quem soltou esse é pobre porque quer!

BOLINHA – Num foi tu mesmo, Michupa? Com um cu desse, eu rendia qualquer tropa de Hitler.

GREGO – Opa! Não envolva o nome de Hitler em vulgaridades.

LUA – Porra! Barrão vem ou não vem?

POETA (*chegando*) – Te comi dentro do trem. (*Todo mundo ri.*)

BOLINHA – Pois eu pensava que era Barão. Aquele porra tá é com uma poupança à custa da gente.

POETA – E não tá saindo o dinheiro ainda não?

BOLINHA – A melhor não é essa, Poeta. Repara só: o Poderoso Chefão quer que eu prepare uma pecinha bem comportadinha, com música de Roberto Carlos, com enxoval de noiva, com hímen zero-quilômetro, pra festa do Dia das Mães! Depois de tudo o que a gente preparou, toda a pesquisa sobre Frei Tito, vem ele com essa. Não é azar?

POETA – Home, não me fale de azar não. Fui assaltado hoje de manhã na porta de casa. (*Puxa os bolsos vazios.*) Só não levaram mais, porque não tinha nada! Nada mesmo! E o pior é que um deles disse: "Olha, marmanjo, não adianta enganar. A gente sabe que hoje é dia de teu pagamento. Mais tarde a gente pinta aqui de novo". Acho que foi tudo planejado com o diretor, por causa daquela história de Simone. Tem mais gente sabendo.

BOLINHA – Mais gente sabendo? Então a gente vai perder o monopólio. Só sendo azar mesmo.

POETA – Aliás, eu acho que a gente devia contar a todo mundo. E não fale de azar não, que ultimamente tá foda pra mim.

MICHUPA – Que história é essa de Simone? É aquela menina do primeiro ano?

ESMERALDA – Não vá me dizer que é aquela do...

GATÃO – Tá com a porra, só eu que não sei, é?

ARIANO – Abre o jogo, Bolinha. Tô por fora também.

RUSSO – Eu também. A única coisa que eu sei de Simone é que ela trepava muito.

POETA – Não seja indiscreto, Russo. Trepava é nome feio. Ela fodia.

LUA – Esses machistas medíocres são assim. Podem fazer amor com qualquer mulher, mas a recíproca não é verdadeira.

ARIANO – A gente tem é que voltar à Idade Média; para valorizar a mulher.

LUA – Não precisa voltar à Idade Média, porque na Idade Média você já está.

BOLINHA – Ô corte da porra! Esse trecho eu vou recitar no Dia das Mães, pras velhas pegarem no pau da força teatral! Agora, falando sério, não seja hipócrita, Lua. Eu tenho pena da Simone, mas ela em parte mereceu. Se bem que isso não justifica o que o Poderoso Chefão fez com ela. E querem saber de uma coisa? Sabem quem sabe de tudo, tudo, tudo? Barão! Por isso que ele faz e desfaz, mas só sai daqui podre!

GREGO – Podre! Coincidência da porra! (*Novamente, professor pra tudo quanto é lado.*)

BOLINHA – Michupa, rapaz, vê se controla a chaminé. Dá umas férias coletivas a esse troço.

LUA (*se retirando*) – Vou sair, porque o ambiente está sufocado de trivialidade.

POETA – Lua, a minha na tua! (*Risadas.*)

LUA (*com seriedade*) – Não tem a mínima condição de ser um educador e depois diz que é azar. Azar para a Humanidade, porque teve um grão podre a mais em seu celeiro.

POETA – Te comi no lixeiro. E não fale de azar não, pelo amor de Deus.

LUA – E ainda fala em Deus. Essa hipocrisia burguesa é uma arte. Produz verdadeiros australopitecos que se modernizam com o nome de "professores". E chega aqui e faz sucesso.

POETA – Te comi durante todo o recesso. (*Risadas.*)

LUA (*vai se criando um clima de tensão*) – É só o que sabe fazer. Não tem capacidade para usar a cabeça, usa apenas o pênis. Qualquer porquinho faz isso, qualquer inseto. Você não está sequer regredindo, porque a regressão pressupõe evolução. Charles Darwin não saberia como nem onde enquadrar seu caso. Espécie fajuta, degeneração microbiana da natureza.

BOLINHA (*impressionado*) – Lua, quer trabalhar na minha peça? (*Poeta se fecha.*) Corte do caralho, hem?

POETA – Não, meu caralho tá em pé. (*Ninguém mais ri.*)

BOLINHA – Sinto muito, Poeta, mas essa não convenceu não. Tá com azar mesmo.

POETA - Num fale de azar não. Ultimamente eu tou tão azarado, que, se desse uma chuva de boceta, caía uma pomba na minha cabeça. (*Os professores voltam a rir, menos Lua.*)

ARIANO – Esse não tem jeito não.

MICHUPA – É escroto todo.

ESMERALDA – A culpa é de Barão. Se tivesse pago, tava todo mundo no banco, e não tinha chovido tanta besteirice aqui.

LUA – Besteirice, não, Educação. Este é o modelo educacional moderno. Os alunos sairão daqui direto pra engrandecer a Pátria. Tem hora que eu penso: por que é que o Brasil não é primeira potência do mundo, tendo os professores que tem no Colégio Vaticano? Um colégio que não visa ao lucro, que deposita o FGTS, que valoriza o trabalhador, que seleciona os professores – aliás, educadores –, que todo mês tem palestras de Paulo Freire, Piaget, peças de teatro...

BOLINHA (*ressentido*) – Peraí... Você não vai estender suas ironias a meu trabalho não, vai?

LUA (*recuando*) – Desculpe, Bolinha. Você é o único que ainda merece respeito aqui dentro. Esse Russo é um estuprador de vovozinhas. Esse Gatão é um iludidor de menininhas. Esse Ariano é um hitlerista que domina e depois deixa em ruínas. Esse Michupa já está consagrado pelo nome. E até Poeta, que se faz de engraçadinho, estava envolvido no caso de Simone!

BOLINHA – Então não foi só o Diretor? Oh, meu Deus, e eu culpando o pobrezinho do explorador!

LUA – Todos, foram todos! No Dia das Mães, Bolinha, você devia aproveitar isso! Emende com Roberto Carlos e tudo! Faça um poema para as mães massacradas!

BOLINHA (*subindo na mesa, dramatizando ao máximo para o público*) – Minha mãe era tão santa que menstruava crucifixos! Todo mês Jesus ressuscitava de dentro de suas coxas, e os soldados romanos não suportavam a explosão! Não o Jesus temido, não o Jesus anjinho, não o Jesus morto pelos mesmos generais que massacraram o Brasil! Mas um Jesus robusto, tão vermelho com seus lábios grossos sangrentos, que foi acusado de comunista. Foi crucificado, morto e sepultado com a mesma poeira que depois sacudiram na memória do povo. Hoje está sentado à direita de Frei Tito, que se enforcou na França depois de ser enforcado na maior potência católica do mundo. E o culpado, o culpado... (*chora intensamente*) o culpado de tudo, de tudo – és tu, mamãe, tu que pariste de tuas pelancas apodrecidas centenas de soldados inconscientes que vieram marchando até onde estava o monte que guardava o sopro sagrado da liberdade. Torturaram teus filhos, pisaram, mamãe, arrancaram os olhos, colocaram ratos dentro das vaginas, caibros em ânus, e nenhum monstro desses jamais sentou numa cadeira de réu.

(*Enquanto Bolinha dramatiza, apaga-se a luz do palco, ficando só ele em destaque. Reacesa, a luz ilumina, em redor de Bolinha, uma roda de atores vestidos de mulheres, pedindo pelos filhos. Estão vestidas como mulheres da seca do Nordeste, rusticamente, para transparecer uma imagem fúnebre.*)

BOLINHA – Onde estão teus melhores filhos, mamãe? Bacuri, Stuart Angel, Angelo Arroio, Franco Drumond, Rubens Paiva, Herzog? E tantos que ainda gritam noites adentro? Estudantes, professores, guerrilheiros, poetas, Geraldo Vandré, Alex Polari, todo um inventário de cicatrizes que não falam de flores? E as estrelas, mamãe? As estrelas que permanecem no céu, intocáveis? A Argentina, mamãe, tão próxima de ti, deu um exemplo para a História! Colocou os generais na cadeia, onde hoje só dão ordens à sua própria inutilidade! Estão abaixo dos carcereiros, olhando com inveja a farda do vigia por trás das grades! E tu, mamãe, quando será teu dia?

(*Continua a roda de mães chorando em marcha fúnebre, pedindo pelos filhos.*)

BOLINHA – Tenho aqui, mamãe (*tirando do bolso um papel*), tenho aqui o nome deles. Dos assassinos, dos algozes que devem povoar não nossos lares, mas nossas Casas de Detenção. (*Quando vai ler, surge do público o Diretor; acendem-se as luzes.*)

DIRETOR – Pára, pára! Tá doido, Bolinha? Trate de ensaiar outra. Se os militares souberem disso, o Colégio Vaticano vira um novo Riocentro.

BOLINHA – Era até bom, pelo feriado. Iam matar o Papa. (*Saem as mães; tudo se normaliza.*) Mas afinal, Doutor Aragão, o dinheiro sai ou não sai?

DIRETOR – Eu já nãodeixei tudo com Barão?

POETA – Que Barão é esse que não vem?

DIRETOR – Isso não me compete. A minha parte eu já fiz. Ou vocês acham que eu ia querer dinheiro dos outros?

BOLINHA – Olhe, Doutor Aragão, veja bem: é uma situação objetiva que temos aqui. O menos sofrido sou eu, que sou solteiro. Mesmo assim, tem minha mãe lá em casa, uma velhinha que precisa de comida, remédios. E aqui tem mães de família, como Lua e Esmeralda, tem trabalhadores que só vivem do salário. Hoje é dia dez, sexta-feira, tarde, já já o banco fecha. E nenhum aqui vai passar o fim de semana em hotel de luxo ou casa de piscina.

DIRETOR – Não venha com sua verborréia, Bolinha, que eu já lhe conheço de tempo.

BOLINHA – Não é verborréia, professor, é uma situação séria. Estou falando sério, de homem pra homem. Ou será que estou enganado?

DIRETOR – Deve estar. Com aqueles palavrões que usa em seus ensaios, parece que tem tendência homossexual.

BOLINHA – Olhe, professor: primeiro, eu não sou Simone para agüentar os seus recalques; segundo, é direito nosso reivindicar o salário no dia limite. Ou o senhor nunca leu a CLT? E tem mais: eu sou o menos preocupado aqui, porque só sustento mesmo minha mãe. Mas essa hora tem crianças chorando, em casa, abandonadas, porque as mães estão aqui pra receber um dinheiro fantasma que não sai! É assim que o senhor quer valorizar o Dia das Mães? É assim que me pede pra mudar de peça?

DIRETOR – Tem nada a ver. Minha parte já cumpri.

BOLINHA – Sua parte já cumpriu. E a parte salarial, por miserável que seja, de cada um aqui? Por que não cria um sistema mais objetivo de pagamento? É possível que todo mês seja o mesmo drama? A gente vai terminar como trabalhador de roça, que faz fila na casa-grande pra receber a diária. Isso sem desmerecer o trabalhador de roça, que tem muito mais caráter que o senhor.

DIRETOR (*friamente, o que levanta o olhar de todos*) – Não tem medo de ser demitido, Bolinha?

BOLINHA – Se eu for pra rua, o caso de Simone vai comigo. Eu sei de tudo, tudo, não se iluda! Olhe, professor, bote uma coisa nessa sua cabeça de bagre: quem tem sustentado muitos alunos aqui sou eu! Eles gostam das minhas peças, das minhas aulas com música, das minhas exposições, dos filmes que eu passo e debato com eles, não sou qualquerzinho não! E no entanto o senhor me trata como um professorzinho de educação artística... Com os do cursinho, é outro papo. Vestibular enche seu estômago de dólar, enche sua vagina – o senhor tem vagina, que eu já vi, e Simone me contou detalhes! – de OTN, BTN, OPEN, ações, a ponto do senhor menstruar, nos pinicos da poupança, o próprio Tesouro Nacional. A Vagina da Moeda do Brasil tem sede em sua casa, nos seus olhos, na sua ambição! E míseras migalhas pra quem de direito merece receber não tem. É esse o Colégio Vaticano? E tem mais: nunca mais me ameace de demissão, porque da próxima vez eu, antes de sair, faço o maior carnaval em sala de aula! E quero ver qual é o aluno que não se deixa influenciar por mim! Eu sou um ator, Doutor Aragão, um ator! Sabe o que é um ator? Ter múltiplas personalidades e levar os outros a bater punheta com a alma! E o senhor acha que eu não posso dramatizar em classe pros alunos? (*Bolinha se aproxima do Diretor e aumenta a tensão. Poeta e Grego os separam.*)

POETA – Acho que há outros meios de resolver isso.

GREGO – Já, já, Barão chega. Ainda é três e meia, dá tempo.

BOLINHA – E o banco fecha de quatro. Mas a mim, particularmente, o principal não é isso. Esta é a primeira vez que sou ameaçado de demissão! Trabalhei em ótimos educandários de São Paulo e nunca teve uma cena dessa comigo.

DIRETOR – Por que não ficou por lá?

BOLINHA – Eu vim para essa terra de *pithecanthropus erectus* por causa da doença da minha mãe. Ironicamente, o único médico que pode cuidar dela é um hindu, de formação macrobiótica, que ensina na Universidade daqui. Foi isso, por ela! Mas isso aí não entra na sua cabeça não, passa de longe. Também, para quem não sabe nem o que é *pithecanthropus erectus*...

GREGO – Peraí, Bolinha, agora é você que tá insultando.

BOLINHA – Sabe mesmo não.

DIRETOR – Nem me interessa saber nome de filósofo inútil.

BOLINHA (*caindo na risada*) – Filósofo inútil! Tá ouvindo, Lua? Ouviu, Poeta? Até Ariano e cia., esses menorezinhos que só sabem matemática, física, etc., sabem. x é uma fase da evolução biológica do homem. Como você não evoluiu em nenhum sentido, não sabe que a escala é a seguinte: *Australopitecus*, *Pithecanthropus Erectus*, *Homo Neanderthalis*, *Homo Sapiens* e (*finge que esquece por uns segundos*)... hoje, sem o pagamento, *Homo* Phudidus! (*Todos riem, menos o Diretor.*)

MICHUPA (*rompendo o silêncio*) – Também não precisa chegar a isso. Lá vem Barão.

TODOS – Opa!

BARÃO (*entrando, hiperbolicamente afeminado*) – Boa tarde para... (*olha Lua, feminista*)... todas! (*Vai passando e beijando a mão de tudinho, inclusive do Diretor, que se retira passando a cara em todos como se desse lição.*) Oh, como vai o meu amor Ariano, filho legítimo de meu sogro Adolf Hitler? Será que tem vaga pra gente hoje num motel de Berlim? Aids? Nem pensar! Fiz hoje exame de fezes e não deu uma lombriga com Aids! Estavam todas perfeitamente sadias! Oh, meu açucarado Michupa! Como vai essa criatura que tem a boca no lugar certo? Oh, meu amado Grego, adorado até pelos troianos! Como vai o pau de Hércules? Oh, meu czar Russo, último dos Romanov! Se os bolcheviques estiverem atrás de você, se esconda lá em casa... e deixe eles atrás de mim! Oh, meu felino Gatão, legítimo persa! Estás lembrado daquele tapete onde nós dois... (*Olha as mulheres e se reprime.*) Ah! Só não digo o que fizemos por causa de umas certas moralistas que vão me chamar de machista. Ah! Machista, machista! Este título para mim é pior do que vice-campeão numa copa do mundo! É pior que três pontes de safena no fim do intestino grosso! É pior que um Apolo que brocha! Machista, hem? Vira essa boca da noite pra lá! (*Pausa.*) Ah! Eu ia esquecendo do meu ídolo Bolinha, esse adorável testículo elefantisíaco que me cativou de longe! Quando é a próxima peça de sutiã?

LUA (*interferindo*) – O mesmo, sempre o mesmo. Não muda de nível, porque a verdadeira transformação da consciência é mais difícil que a divisão do átomo. Pode continuar, Barão, não se reprima. Apenas estou exprimindo uma opinião sobre uma perda a mais para a Humanidade. Enquanto houver homens com esse nível, o planeta Terra continuará envergonhando o Universo.

BARÃO (*escandaloso*) – Homem! Vocês ouviram, não ouviram? Homem! Ela teve a indecência de me chamar de homem! Isso é uma calúnia, fere meus brios! (*Se aproxima.*) Olhe, Lua, você não é burra pra saber que o Brasil tem nova Constituição e que essa nova Constituição garante a defesa, por mandado de segurança, de indivíduos atingidos em seu pudor! Vou abrir um inquérito contra você, até que você prove que eu sou homem! Se não provar, eu exijo uma indenização por perdas e danos morais. (*Começa a chorar.*) Por isso que eu digo: mulher pra mim é uma excrescência, um erro da natureza, um vômito de Deus. Aliás (*recuperando o humor*), eu vou contar uma coisa pra vocês, mas não contem pra ninguém, hem? Se Deus, nos dias do fiat lux, tivesse criado nesse mundo só mulher, aí... aí... aí eu trepava com ele! (*O próprio dá uma gargalhada escandalosa.*)

BOLINHA (*entre rindo e sério*) – Barão, rapaz, tá todo mundo aqui esperando pelo dinheiro.

BARÃO (*estranhando*) – Dinheiro? Pelas barbas anais de Netuno, que história é essa?

BOLINHA – Ô, Barão, frescura. Dez pras quatro, rapaz, passa os contracheques.

BARÃO (*estranhando de novo*) – Contracheques? Ah! Pelo sangue com Aids de Cristo! Deixei tudo lá em casa. Mas onde é que tá (*pegando a cabeça*) a minha glande? (*Saindo com rebolado*). Será que dá tempo de ir pegar aqueles papéis higiênicos? (*Quando vai saindo, começa a chover. Som forte de chuva*).

POETA (*com raiva*) – Tomara que chova pica!

BARÃO – É até bom, que em casa eu boto meu cu na goteira!

POETA – Mas um balaio de pica mole!

BARÃO – Melhor. Quando endurecer, fica dois balai. (*Sai.*)

(*Sentam-se todos na mesa. Conversas diversas e certa tristeza.*)

RUSSO – É foda. Passar o fim de semana liso.

BOLINHA – E vocês do cursinho já receberam ou não?

GATÃO – Que nada. Só uns adiantamentos, uns vales.

BOLINHA – Pois eu nunca tirei um vale. Nunca tive uma falta. Nunca entreguei uma prova fora do prazo. Nuca deixei de registrar uma caderneta. E nunca recebi dinheiro no dia certo.

LUA – Além disso, o ambiente machista aqui tá de fazer vergonha a qualquer um. Não vê Barão? Um coordenador? Glande, pau de Hércules, motel de Berlim... Isso é linguagem de coordenador?

BOLINHA – Se você gravou justamente essas palavras, foi porque seu id foi mais forte que seu superego. (*Ri.*) Não é defendendo não, Lua, porque inclusive eu admiro muito sua fluência. Não é à toa que eu já lhe convidei para várias peças. Mas um coordenador como Barão tá difícil.

POETA – Concordo plenamente. Vai nos outros colégios por aí... Aquele Euclides, lá do Arco-Íris... Aquele Fremício, lá do Cecília Meirelles... Tudo uns filhos da puta babões!

RUSSO – Também acho.

ESMERALDA – Barão pelo menos faz aquela festa quando vê a gente. E em qualquer canto. Na praia, na cidade, em qualquer canto.

LUA – E por que é que não cumpre a obrigação dele no dia do pagamento?

BOLINHA – É Aragão que tá por trás disso. Faz questão de massacrar. Agora, Barão já me disse um método pra submeter aquele canalha. Simone. Basta falar de Simone. O cu dele leva um choque nessa hora. É o calcanhar de Aquiles. Às vezes eu digo que sei da história toda, mas não estou nem na metade. Barão é que sabe de tudo. Vocês não viram? Chegou escandaloso. Beijou a mão do diretor e ficou por isso mesmo. Será que Doutor Moacir, lá do Pequeno Príncipe, em São Paulo, ia agüentar uma dessa? Tá doido!

POETA – E o velho Constantino, lá do Cecília Meirelles, que é orgulhoso que só a porra?

GREGO – É mesmo. Acho que pode dar certo.

RUSSO (*fora do assunto*) – Porra, quatro e dez. Agora só segunda-feira.

BOLINHA – O jeito é acanalhar com tudo mesmo. Não dá pra ser compreensivo. É pena que a essa hora da tarde os alunos já estão saindo. E tem mais pirralho, não adianta um escândalo nacional aqui dentro.

POETA – Mas, enquanto Barão não vem, a gente se distrai com umas musiquinhas. Aquelas que os moleques cantam lá no Mercado Central.

GATÃO – Eu topo.

GREGO – Cada um canta uma.

MICHUPA – Me lembro quando Bolinha botou essas músicas numa peça. O homem deu a porra.

BOLINHA – *Noite Feliz*, de Arturo Gouveia. Foi a melhor encenação que já fiz. Na hora da cantiga dos moleques, o porra mandou parar. A platéia foi ao delírio de raiva. Olha, aquilo deu muito o que contar. Arturo Gouveia, o maior dramaturgo da rua dele, ficou proibido de ensinar em todos os colégios daqui. Campanha do Aragão. Simone me contou também. Me contava era tudo, quando ficava de porre.

LUA – É pena que tenha morrido com três tiros. O Movimento Feminista ainda luta pela abertura de inquérito. Mas... e as provas? Foi tudo planejado a dedo.

GREGO – Bora cantar. No mesmo ritmo que Bolinha botou na peça.

BOLINHA – Vocês ficam com o refrão e eu levo o resto. Não se esqueçam que o refrão é bis.

TODOS (*Batendo na mesa com lápis, dedo, o que tiver.*)
    Chora bananeira
    Bananeira chora
    Chora bananeira
    Mau amor já foi embora

BOLINHA (*em destaque, em cima da mesa*)
>Fui comer uma menina
>Que o fundinho chega era fofo
>Quando ele soltou um peido
>O meu pau se encheu de mofo

TODOS – Chora bananeira
>Bananeira chora
>Chora bananeira
>Meu amor já foi embora

BOLINHA – Num dia de caganeira
>Eu gastei tanto pinico
>Que para pagar a conta
>Leiloaram meu butico

TODOS – Chora bananeira
>Bananeira chora
>Chora bananeira
>Meu amor já foi embora

BOLINHA (*com a voz cada vez mais alta*)
>Lá vem a lua surgindo
>Por detrás do coqueiral
>Não é lua não é nada
>É a cabeça do meu pau

TODOS – Chora bananeira
>Bananeira chora
>Chora bananeira
>Meu amor já foi embora

BOLINHA (*cada vez mais alto, pra chamar atenção*)
>No motel minha noivinha
>Ficou finge mas não finge
>Mas não era moralismo
>Era o cu cheio de impinge

TODOS –   Chora bananeira
            Bananeira chora
            Chora bananeira
            Meu amor já foi embora

BOLINHA (*com questão de fazer destaque*)
            Ontem eu caguei no bojo
            Maré alta de lombriga
            Ou sou pobre por quero
            Ou sou fi de rapariga

TODOS –   Chora bananeira
            Bananeira chora
            Chora bananeira
            Meu amor já foi embora

BOLINHA (*gesticulando, dando ênfase à banalidade*)
            A pior lua-de-mel
            A lua-de-mel mais peba
            É quando tira a calcinha
            De um priquito com pereba

TODOS –   Chora bananeira
            Bananeira chora
            Chora bananeira
            Meu amor já foi embora

BOLINHA (*batendo com os pés na mesa*)
            Tiradentes né herói
            É somente um espantalho
            Mas se eu disser isso à toa
            Vão enforcar meu caralho

TODOS –   Chora bananeira
            Bananeira chora
            Chora bananeira
            Meu amor já foi embora

BOLINHA –   General é general
Coronel é coronel
Capitão é capitão
E professor é um grande filho da puta

DIRETOR (*surgindo do público*) – Pára, pára! Vulgar demais. Vê se treina outra.

BOLINHA (*permanentemente em pé, sobre a mesa*) – Já sabia que o senhor ia dizer isso.

DIRETOR – É isso o que você chama de arte? É essa a experiência de São Paulo? Nome feio, nenhuma mensagem, vazio estético. Tem mais: você inventou algumas dessas composições! Só aproveitou o ritmo da música e acabou se envolvendo pessoalmente com ela. A maioria das quadras tem primeira pessoa. É isso a tal da arte não alienada?

BOLINHA – Em primeiro lugar, o que trouxe de São Paulo não pude realizar aqui nessa província do século dezoito. O que eu tenho feito, por milagre, é em sala de aula, com o apoio dos alunos. Em segundo lugar, não duvide de minha condição de artista. Quantas peças belíssimas o senhor já não censurou? Quantos trabalhos, quantos poemas... "O operário que caiu do céu", de Eugênio Minerva; "Idílico Estudantil", de Alex Polari; "O lamento das coisas", de Augusto dos Anjos; "Disparada", de Geraldo Vandré; "Sobre o medo", de Sérgio de Castro Pinto. Todos esses autores são paraibanos e eu não precisei recorrer a São Paulo. Aprendi aqui que o potencial dessa terra é envenenado por mentalidades pré-históricas como a sua. Realizei tantas adaptações, tanta coisa, e hoje dou razão a Jesus: foi mesmo que atirar pérolas ao diretor. (*Os outros professores se admiram em abafadas interjeições.*)

DIRETOR – Desça já daí, seu canalha!

BOLINHA (*indiferente, recitando e andando sobre a mesa*)
"Triste, a escutar, pancada por pancada,
A sucessividade dos segundos,
Ouço, em sons subterrâneos, do Orbe oriundos,
O choro da Energia abandonada!"

DIRETOR – Desça, senão eu tomo providências mais sérias.

BOLINHA – "É a dor da Força desaproveitada –
　　　　　　O cantochão dos dínamos profundos,
　　　　　　Que, podendo mover milhões de mundos,
　　　　　　Jazem ainda na estática do Nada!

　　　　　　É o soluço da Forma ainda imprecisa...
　　　　　　Da transcendência que se não realiza...
　　　　　　Da luz que não chegou a ser lampejo..."

DIRETOR – Desça, senão eu chamo a polícia.

BOLINHA (*indiferente, dramatizando o final do poema*)
　　　　　　"E é, em suma, o subconsciente aí formidando
　　　　　　Da natureza que parou, chorando,
　　　　　　No rudimentarismo do Desejo!"

(*Os professores batem palmas; Bolinha se empolga*)

BOLINHA – "As palavras que não escrevo
　　　　　　　habitam líquidas
　　　　　　　o fundo do tinteiro.

　　　　　　　as palavras que não escrevo
　　　　　　　habitam líquidas o fundo do meu medo."

DIRETOR – Vai descer não, né? Pois agüente as conseqüências. (*Sai.*)

BOLINHA – (*indiferente, sentindo carnalmente o poema*)
　　　　　　"As palavras que não escrevo
　　　　　　sempre me olham –
　　　　　　melhor escrevê-las
　　　　　　em portas de mictórios
　　　　　　as palavras que não escrevo
　　　　　　têm sede de tinta –
　　　　　　melhor escrevê-las
　　　　　　em portas de latrinas".

(*Tira a camisa e, suado, fica ainda mais dramático.*)

"O medo
se aloja na medula
como um cubo
de gelo.

O medo
se infiltra no tinteiro
e o congela

O medo
se instala na palavra
e a enregela

Com o medo
aprendi o ofício
de armazenar as palavras
como num frigorífico.

Com o medo conservo:
dez mil palavras
abaixo de zero".

(*Novos aplausos; mudança de tom, em depoimento para o público.*)

"Nossa geração teve pouco tempo
começou pelo fim
mas foi bela nossa procura
ah! moça, como foi bela a nossa procura
mesmo com tanta ilusão perdida
quebrada,
mesmo com tanto caco de sonho
onde até hoje
a gente se corta".

(*Aplausos. Chega o Diretor com alguns policiais e um Delegado. A mesa fica cercada.*)

DELEGADO – Pode sair o resto. Minha conversa é só com o padre. (*Instalam uma cadeira de metal sobre a mesa; Bolinha é sentado à força nela. Escurece o ambiente. Leve luz deve distinguir o centro das interrogações.*)

TITO –

DELEGADO – E daí, padreco? Não vai falar? Vai insistir em ser herói? (*Aumenta a voz.*) Quem lhe arrumou dinheiro para o Congresso de Ibiúna? Quem tá por trás disso? Cuba? Mao Tsé Tung? Quer uma conversinha com eles? (*Ordena o choque; Tito berra.*) Gritando, padreco, que é isso? Você ainda não conhece a hóstia sagrada. Ainda não conhece... (*Fala bem calmo; logo depois explode.*) Mas vai conhecer, seu padre filho da puta! (*Novo choque; novo berro.*) Parece que não aprende mesmo. Cabeça dura, hem?

TITO –

DELEGADO (*Vestindo-se de Papa; os auxiliares, de padres comuns.*) – Veja, meu filho, você pecou por ajudar agitadores. Está lembrado do que Jesus fez com os profanos à porta das igrejas? (*Aumenta a voz.*) Saiu dando chibatadas, entendeu? E eu, que sou o Papa, devo fazer o mesmo aqui na Terra! Livrar as pátrias e os povos dessas influências profanas! Olhe, padreco, veja bem... (*Atira o chapéu de Papa no chão.*) Acha que eu sou Papa? Pois está errado! (*Pisa no chapéu de Papa.*) Eu sou Deus! Deus, entendeu? (*Tito, sobre a mesa, apresenta, visualmente, uma superioridade ridícula.*) Está entendendo? Eu sou Deus, o Criador! Fui eu que criei a Terra, os Astros, o Mar, criei até seu cu, padre de merda! (*Lamenta.*) Podia estar era trabalhando para nossa causa. Como precisamos dos padres para evangelizar esse povo! De repente, um merdinha de batina adere ao comunismo! Isso foi um choque para centenas de adeptos que você decepcionou. Que pena, que pena.

(*O Delegado e os auxiliares abrem diversas bíblias e começam a cantar músicas religiosas, com arrastado bem lento. Vão fazendo uma estranha procissão em torno de Tito, que se mantém imóvel.*)

"Prova de amor maior não há
Do que doar a vida pelo irmão" (...)
"O Senhor necessitou de braços
Para ajudar a ceifar a messe
E eu ouvi seus apelos de amor
Então respondi: aqui estou, aqui estou" (...)

(*A passagem de uma música para outra jamais é arbitrária. Tudo segue um ritual cuidadosamente ensaiado. A imobilidade de Tito é absoluta, olhando a platéia sem ver.*)

"Senhor, fazei de mim instrumento de vossa paz
Onde houver ódio que eu leve o amor
Onde houver ofensa que eu leve o perdão
Onde houver discórdia que eu leve a união" (...)

"Sabes, Senhor,
O que temos é tão pouco pra dar
Mas este pouco
Nós queremos com os irmãos compartilhar"(...)

(*Acaba-se, arrastadamente, o musical, que deve ser belíssimo. Saem todos, inclusive o Delegado. Tito é que continua imóvel. Vai tirando a roupa, aos bocados, até ficar de costas para o público, com as mãos na parede, como ladrão revistado.*)

PADRE (*surgindo de dentro*) – Tito, vamos dormir. Encerramos o musical. Temos agora um encontro com o sono.

TITO –

PADRE – Tito, por favor. (*Chega em cena.*) Pelo amor de Deus, Tito, que está havendo?

TITO - Ele passou por aqui.

(*Todas as palavras de Tito são profundamente assustadas.*)

PADRE – Ele quem, Tito? Estávamos lá na frente e não vimos ninguém de estranho. E aqui, pra entrar, só com permissão.

TITO – Mas ele entra. Passou aqui agorinha.

PADRE (*aproxima-se*) – Ora, Tito, ele quem? Os outros já estão dormindo.

TITO – Ele não dorme. Pra onde eu for ele vai atrás.

PADRE – Vista-se, vamos, não tem ninguém aqui em Lyon. Só nós mesmos.

TITO – Eu ajudei os estudantes. Tenho que ser punido.

PADRE – Escute bem, Tito: Deus só pune a gente em pecado. O que você fez no Brasil foi um ato de solidariedade. Isso não fere a Deus.

TITO – Ele é Deus. Eu podia ter trabalhado pra ele.

PADRE – Seu mal é sono, cansaço. Venha dormir. Amanhã você pescará comigo bem cedinho.

TITO – Eu devia ter pescado almas pra Deus. Mas preferi o comunismo.

PADRE (*vestindo Tito*) – Vamos.

TITO (*berrando*) – Não! Não!

PADRE (*pegando uma bíblia em cima da mesa*) – Eu sou Deus, seu padre filho da puta, eu sou Deus, entendeu? Eu vou atrás de você onde você for! (*Nos ouvidos de Tito.*) Não tem lugar pra você em canto nenhum! No Céu, eu mando lá! Na Terra, eu mando lá! No inferno, eu mando lá, entendeu?

(*Vão voltando os auxiliares do Delegado, todos vestidos de padre e cantando.*)

TITO – É ele, padre, é ele! (*Agarra-se ao Padre, que o empurra de volta à parede.*) Por que ninguém me ajuda, Padre? (*Começa a chorar.*)

PADRE – Mas estamos ajudando, Tito. Organizamos um coral em sua homenagem. Hoje é seu aniversário, se lembra? (*Rege o coral.*)

"Parabéns pra você
Nesta data querida
Muitas felicidades
Muitos anos de vida" (*bis e acelerado*)

TITO (*assombrado, mas ainda voltado de costas ao público e a todos da cena*) – Meu aniversário?

PADRE – Sim, Tito, seu aniversário. (*Trazem um bolo grande à mesa.*)

TITO – E ele?

PADRE – Ele quem?

TITO – Deus?

PADRE (*alterando a voz*) – Deus sou eu, seu filho de uma puta! Cadê que eles te dão proteção? Tudo uns filhinhos de papai que te foderam, entendeu? E tu aqui, tomando no rabo! (*De dentro do bolo, tira a maquininha de choque.*)

TITO –

PADRE (*em voz branda, delicada*) – Vamos dormir, Tito. Os outros padres (*aponta*) se acordaram por sua causa. Mas estão, todos – vista a roupa, vá – estão todos unidos com você. Ninguém vem pegá-lo aqui em Lyon.

TITO – Nem Deus?

PADRE – Ora, Tito, Deus te ama. Vamos dormir; você tem um encontro com ele.

TITO (*saindo da posição de ladrão revistado*) – Mas... mas você... você não é...

PADRE (*conduzindo Tito como a um menino assustado*) – Vamos dormir, já é tarde. (*Alterando a voz, de repente.*) Ou você quer permanecer no comunismo, seu padreco desgraçado? Hem?

TITO (*Voltando automaticamente à parede.*)

PADRE (*voz delicadíssima*) – Mas Tito... Olhe, faz três anos que...

(*Acendem-se as luzes arbitrariamente.*)

DIRETOR (*surgindo da entrada da platéia*) – Eu já não disse que não permito isso aqui?

BOLINHA (*vestindo calmamente a roupa*) – Mas permite que a gente passe o fim de semana liso. É ou não é, gente? (*O grupo de auxiliares é o grupo dos professores.*)

LUA – Só vai com greve. É o único meio de abalar os bolsos dos diretores.

DIRETOR – Este colégio nunca fez uma greve. Tem um nome a zelar e uma tradição a continuar.

LUA – Desde 1500 que eu ouço isso. No entanto, não zelam nossas barrigas nem nossa realização espiritual.

DIRETOR – Realização espiritual? Isso é com Deus. E tem mais: não ousem dar um passo em falso, que eu demito a todos. Professor é o que não falta por aí. E para substituir irresponsáveis...

LUA – Irresponsável é a sua consciência, que não se toca com nossa miséria.

DIRETOR – Mais irresponsável seria se eu me tocasse. Minha função é explorá-los, ganhar dinheiro em cima de seus nervos gastos.

LUA – Ainda bem que assume as podridões. Parabéns.

DIRETOR (*com agressão*) – Está demitida, sinha cínica! Pode trazer amanhã a carteira.

LUA – Para lascar os outros, esse colégio trabalha até aos sábados. Parabéns de novo. Em nome do progresso humano.

DIRETOR (*com agressão*) – Retire-se já, inútil! Você não pertence mais à comunidade.

LUA – Nem ia querer mofar nesse sarcófago de hipocrisia. Sua cara estreita de cavalo incompleto faz mal a qualquer espelho. E eu não pretendo levar daqui o reflexo dessa lama que você arrota disfarçada em palavras. Porco-espinho, tu hás de te afogar um dia, já que escapaste, por sorte, daqueles citados na Bíblia. Tua alma mofará no inferno, sem que o mais débil dos demônios sinta atração por ela. Viverás numa eternidade de ostracismo, até descobrires que um dia perdeste uma educadora e, com isto, aumentaste a equação de tuas incógnitas estúpidas. Hás de te arrepender, subverme leproso, desta atitude necrófaga que acabas de tomar. (*Sai.*)

DIRETOR (*querendo rir*) – É a tua vez, Bolinha.

BOLINHA (*até então indiferente*) – Porra, esqueci. Não decorei o texto.

DIRETOR – Então pára, pára tudo. Ariano, chama Lua ali dentro. A peça tá partindo muito pra tragédia shakespeariana misturada com Augusto. Artificial, até.

LUA (*de volta*) – Também acho. Vamos ensaiar outro texto. Devolve esse a Arturo Gouveia. Um verdadeiro fracasso.

DIRETOR – Nenhuma até agora deu certo. Nem a de Tito, nem a do colégio, nada. Falar nisso, cadê Barão? Ele é que sabe de tudo sobre Simone. Eu sei que vou ser demitido desse buraco. Mas antes vou dirigir a maior peça que João Pessoa já viu. Quem vier assistir, vai amanhecer vomitando esperma, de tanto gozo. Não quero deixar um segundo de monotonia. Bolinha e Grego têm que caprichar naqueles diálogos entre um idealista e um materialista. Esmeralda tem que se masturbar na hora de representar o Dia das Mães. Lua faz o papel de Simone. Há algo de podre no Reino do Vaticano. E com essa peça pegarei a consciência do Papa. (*Saem todos. Apagam-se as luzes.*)

(*Quando se acendem as luzes, o Diretor do Colégio Vaticano está presidindo uma reunião com os professores. Sente-se no ar um clima arbitrário.*)

DIRETOR – Doutor Platão, diretor do Água Azul e presidente do Sindicato, vem hoje aqui mostrar as novas posições da classe patronal. Já vem por aí maio, o mês do dissídio. O sindicato de vocês reclamou de perdas salariais cumulativas, mas não conseguiu comprovar nada. Deram um pulo no vazio, como aliás convém aos professores de João Pessoa. É claro que existem professores bons, mas a maioria é pré-analfabeta. Não me lembro de nenhum aqui que tenha mudado o esquema da aula do ano passado pra cá.

GREGO – Pra que mudar o que já atingiu a perfeição?

DIRETOR – Perfeição de estreiteza. Eu provo a vocês como não sabem de nada.

GREGO – De fato, não sabemos de nada. Onde está o nosso FGTS? Onde está o imposto cobrado na fonte? Onde estão os encargos do Colégio? O senhor tem toda razão.

BOLINHA – Mais ainda: onde está o corpo de Simone? Depois de lambuzar em cima dela, o senhor deu fim. E isso não deixa de ser uma perfeição.

DIRETOR – Vocês são uns mercenários da educação. Não se empenham em nada na formação do aluno. E acham que com o caso de Simone vão estremecer minhas bases. Melhorem as aulas, por favor.

LUA – Pra quê? Pra depois o aluno se tornar um explorador aperfeiçoado.

DIRETOR – E vocês querem o quê?

GREGO - Nós trabalhamos com um aluno filhinho de papai que vai depois usar toda nossa sabedoria contra nós. Em classe estão aprendendo, com a gente mesmo, como nos dominar mais ainda. No futuro, eles vão apenas cobrir nossa cova e depositar as flores que estamos plantando diariamente.

BOLINHA – Só há um erro aí, Grego. Os alunos não vão fazer isso no futuro, porque simplesmente nós não temos futuro. Somos todos jovens encaveirados. Quem aqui tem mais de trinta anos? Ninguém. Agora vejam o caso de Miraldo. Mofou de dar aula naquele Mário de Andrade e ganhou o quê? Só vive ali em frente ao Mercado Central com uma bíblia. Segundo ele, Cristo vem agora, nos anos noventa. É um exemplo a ser tomado.

DIRETOR – Putaquipariu, Bolinha! Isso não está no texto!

BOLINHA – É que eu me distraí. Pensei em Jesus voltando e sendo recrucificado no meio de dois diretores... Melei o pau outra vez. (*Todos riem e saem de cena.*)

SEGUNDA CENA - *Por causa de sua má conduta, Bolinha é processado pelo Diretor do Colégio Vaticano, que reivindica indenização por danos morais. Entram em cena o juiz, os advogados e o jurado. O público deve ser aproveitado do próprio teatro. Bolinha é réu.*

JUIZ – Está aberta a sessão do julgamento de Armando Callado, mais conhecido como Bolinha. Passo a palavra ao advogado de acusação.

ACUSAÇÃO – Minhas senhoras, meus caros presentes: Este homem que mancha nossa vista não tem o menor padrão de civilização para viver entre os normais. Muito menos para ser um educador. Exemplos de sua animalidade são muitos. Mas basta lembrar o caso de Simone. (*Entra Simone.*)

SIMONE – Professor, eu quero falar com você.

BOLINHA – Pode ir dizendo. Não tenho tempo para remoer draminhas burguesas. Não pense que sou Russo ou Michupa. Não tolero a superficialidade do meio que lhe deu origem.

SIMONE (*chorando*) – Mas você... nem... nem sabe o que é...

BOLINHA – Sei. O pai não dá atenção e a mãe só vive na rua.

SIMONE – Eu sou uma frustrada, professor. O pessoal pensa que só porque eu tenho treze carros em casa eu vivo bem. Ninguém conhece meu interior. Minha vida não faz sentido. Quando vou fazer compras, raspo todas as butiques. Dinheiro não me falta. Tenho duas geladeiras só pra mim. Painho me deu um apartamento na praia, mas eu estou achando um horror. Não quero me desligar da família.

BOLINHA – Não quer lavar seus próprios pratos.

SIMONE – Eu não sei lavar pratos. Minhas mãos se irritam.

BOLINHA – E o namoradinho não ia gostar, porque suas mãos de bombril iam arranhar o pau dele.

SIMONE (*chorando*) – Mas professor... Quer me deprimir ainda mais?

BOLINHA – Quem já viu pau deprimir mulher? O bombril é que deprime a cabeça de qualquer pau, por intelectual que seja.

SIMONE – Eu não dou certo com nenhum namorado.

BOLINHA – Mas dá a todo namorado.

SIMONE – Já fiz três abortos, um deles nos Estados Unidos.

BOLINHA – Enquanto isso, o Brasil aborta marginais de uma vagina de oito milhões de quilômetros quadrados. Você sabe quantas crianças morrem de dor de dente no Baixo Araguaia? Você sabe quantos líderes sindicais já foram assassinados este ano? Você sabe quantas vaginas esqueléticas sonham com os ovos de ouro que você joga no lixo todo dia? Pois bem, sua puta: não venha feder sua miséria rica aqui perto de mim, que eu empurro um leve pênis de camelo no ânus da sua consciência, para sangrá-la ainda mais. Se eu fosse romano, eu enfiaria a coroa de Cristo em sua vagina cristã, antes de abri-la para o mundo em forma de cruz.

SIMONE (*chorando*) – Mas professor...

BOLINHA – Não chore, minha débil, porque os animais não têm direito a lágrimas.

SIMONE – Eu vou me suicidar. O último carro que painho me deu...

BOLINHA – O último?

SIMONE – O mais recente... eu acabei de bater num poste... Painho... Entenda, professor... Painho só vive na indústria, mãinha não sai do cabeleireiro... Eu chego em casa à hora que quero, saio à hora que quero... Não tem ninguém pra me frear em nada...

BOLINHA – E você interrompe meus minutos sagrados pensando que eu vou ser seu freio... Quer uma imposição? Veja bem: não é uma sugestão, é uma imposição.

SIMONE – Qual?

BOLINHA – Suicide-se. É a maior contribuição que você pode dar à Humanidade.

SIMONE (*chorando*) – Por quê... por quê... você fala assim... assim... professor?

BOLINHA – Eu não falo assim, eu ordeno.

SIMONE – Isso é papel de educador?

BOLINHA – É sim. Papel higiênico. Estou higienizando a Humanidade ordenando sua morte.

SIMONE – Não seja tão explícito. Isso machuca.

BOLINHA – Desculpe. Eu vou ser mais eufêmico. Ali na Barão do Triunfo tem uma loja de armas. Passe lá e faça sua última transação capitalista. Compre a bazuca mais potente que houver e descarregue todinha no ouvido. Se puder estourar os dois ouvidos, melhor, porque os dois lados do cérebro assumirão a culpa e não haverá maiores problemas para você no céu. Deus abrirá as portas para quem, afinal, deu as duas faces para a bazuca. (*Bolinha se senta na cadeira de réu. Simone sai chorando.*)

ACUSAÇÃO (*se levantando*) – Nunca, caros presentes, um professor foi tão cruel com um aluno. Creio que os senhores jurados não terão a menor dúvida em condená-lo. (*Senta-se. Entra a defesa.*)

DEFESA – Minhas senhoras, caros presentes. Nunca um professor foi tão educador. Educar é um verbo de origem latina que significa "conduzir para dentro". Simone vivia fora de si mesma, de tudo. Foi preciso o tratamento de choque de um professor corajoso, sem hipocrisia, para que ela olhasse para si mesma. É sabido de todos que vários professores tentaram ajudá-la. Na verdade, só queriam se aproveitar dela. As palavras e atitudes deles, hipócritas, não penetravam o âmago da menina, não perfuravam o íntimo dela. No fundo, os aproveitadores reproduziam a casca dos pais: davam tudo a ela exteriormente. Simone, antes do fim trágico que teve, deixou um diário. (*Mostra o diário.*) Está aqui para quem quiser vê-lo. Ela detesta o mundo, detesta tudo. Por incrível que pareça, só faz referência positiva ao professor Armando. Foi o único que transcendeu a retórica do apadrinhamento e colocou o desespero vazio de Simone em crise. Com isso, ela estava aprendendo a se reconhecer e a se amar. As últimas linhas do diário mostram que ela estava se superando. Não fosse a morte, causada pelo diretor do colégio, exemplo máximo de educador, Simone teria se apaixonado pelo único professor que deu uma aula de vida a ela. (*Senta-se.*)

ACUSAÇÃO (*se levantando*) – Absurdo. Os jurados têm maturidade o bastante para não caírem nessas armadilhas de certos advogados que confundem as coisas. Ele se referiu a uma palavra de origem latina. Deve saber que "advogado" é aquele que tem a voz junto de. No caso dele, a voz a serviço da estupidez e da brutalidade. Esse tal de Bolinha é uma bola de neve de aberrações. Sua história é a biografia da palhaçada e da desordem. O doutor Aragão, que muitos serviços já prestou a esta comunidade, contou-me a simulação que ele fez com o coordenador, Barão, num dia de pagamento. Um escândalo.

(*Entra Barão, visivelmente escandaloso, vestido de Calígula e escoltado por soldados.*)

BARÃO (*jogando as pernas para um lado e outro*) – Ninguém me chamou, mas eu vim, ninguém me chamou, mas eu vim. (*Abrindo os braços e se espreguiçando.*) – Aaaaaai! Hoje eu tô uma puta! Sabe o que é uma quenga, ai! como dizer, meu Jesus?, uma quenga amassada? É assim que eu tô hoje. Sabe o que é uma rapariga que nem um doido quer?

BOLINHA (*saindo da cadeira de réu*) – Nem um doido, Imperador?

BARÃO – Nem um doido, amor, porque na hora, quando eu já tô virada para o Coliseu, nua para os gladiadores (*fica de quatro*), o doido diz: "Ei, não vou te comer não, que tua bunda tá rachada!" (*Cai na gargalhada.*)

BOLINHA – Mas, Imperador, os romanos já ouviram essa piada. É do tempo que eu comia a mulher dos senadores. Nem as nossas criancinhas, que já se preparam para dominar o mundo, não riem com essa. É do tempo que eu chupava bubu. Arrume outro bubu pra lamber.

BARÃO – Me respeite, que eu já tenho idade de ser sua mãe. Eu sou a virgem mais manhosa do Lácio. (*Toma a espada de um soldado e encosta na garganta de Bolinha*). Ninguém até hoje ousou duvidar de minha originalidade. Nem Júpiter, nem Aníbal com os pauzinhos dos seus elefantes cortando a vagina dos Alpes, nem Spártacus, nem o pênis espinhento do Satanás. E agora vem um escravinho qualquer, revoltado porque o Colegius Vaticanus não pagou, descarregar tudo em cima de um pobre imortal? Para me desafiar, tem que passar por cima do cadáver de minha vagina! Excremento! Só não te mato para não enferrujar a espada! Mas tens que ser punido! Tirem a roupa dele, soldados, que ele vai me comer.

(*A cena se desfaz. Levanta-se o advogado de defesa.*)

DEFESA - Como vêem, senhores, o colégio fez tudo para encarcerar o professor, envolvendo sua liberdade artística numa teia de arame farpado. Se ele é imoral, então ninguém pode ler Voltaire ou Eça de Queirós. Ninguém pode ler Jorge Amado ou Plínio Marcos, Dias Gomes ou Millôr Fernandes. O Dr. Aragão acusa a imoralidade do professor, mas paga uma hora-aula que faria vergonha a Judas. Uma hora-aula que não chega a trinta moedas. O que é mais chocante: o trabalho teatral dele ou o salário mínimo? As peças dele ou um dia de pagamento que não é dia de pagamento? O diretor provocou um aborto em Simone, e é santo. Bolinha provoca aborto na ignorância dos alunos, e é demônio. Dr. Aragão não deposita os encargos e é canonizado por esse subcapitalismo disfarçado em "colégio". O professor dá aulas de conscientização e o Papa o condena à fogueira. Caros senhores, até que ponto vamos continuar na Idade Média? Estamos superados há meio milênio, mas a mentalidade de João Pessoa parou em 1500, subserviente, aos pés da Primeira Missa de Frei Henrique. Os documentos do colégio parece que foram escritos por Pero Vaz de Caminha. Eu tenho aqui documentos horríveis, distribuídos durante as reuniões, que o professor Armando Callado recolheu e me passou. São o suficiente para condenar o colégio pela evidência de doutrinação, manipulação das consciências e monopólio ideológico. O aluno, no ato da matrícula, assina um documento que lhe garante "liberdade de expressão". Lá dentro, tem que se submeter à "filosofia" da escola, eufemismo de lavagem cerebral. Os professores, da mesma forma, não têm direito a livre organização, e isso é outra desobediência à Constituição, lei máxima do país. Parece que o Diretor recebeu autorização da ONU para legislar por conta própria, colidindo com princípios internacionais. Já os antigos gregos tinham a praça da Ágora, em Atenas, para manifestarem seus pensamentos. E a praça do professor é a rua, quando é demitido, não recebe a indenização e fica sem um centavo para alimentar a mulher, os filhos ou acelerar o suicídio. (*Pausa.*) Peço aos senhores jurados que ponderem essas considerações. Obrigado. (*Senta-se.*)

JUIZ – Peço aos senhores advogados que sejam mais objetivos. Não criem digressões e vão direto ao ponto mais polêmico do processo, que é a acusação de má conduta do professor.

ACUSAÇÃO (*Levantando-se.*) – Caros presentes, o nobilíssimo colega da defesa saiu de órbita de vez. Comparar as peças ínfimas do vulgo Bolinha a Eça de Queirós e Dias Gomes! Gostaria de perguntar se ele já leu esses autores, mas vou direto ao assunto. O Colégio Vaticano, como toda instituição, principalmente no âmbito da educação, tem que ter autodefesa. Quem fez diversas lavagens cerebrais nos alunos foi o próprio réu. Um caso clássico foi o de Simone. Só porque a menina, que não foi morta nem teve aborto provocado pelo diretor, resistiu a umas frases imorais em classe, ele descarregou todos os seus complexos em cima dela. (*Pausa.*) Mas ele é um débil hábil. Gostava de ir às classes confundir os alunos que não o conheciam. Principalmente os do cursinho. Um dia chegou na turma de Simone, apresentou-se como professor de gramática e transformou a aula em sessão de prostíbulo. Foi o ano passado, perto do vestibular. Os alunos estavam ansiosos porque o professor da cadeira tinha morrido e deixado o programa incompleto. Armando aproveitou-se da situação para provocar mais ânsia e até terrorismo psicológico.

BOLINHA (*levantando-se da cadeira de réu e se dirigindo ao público*) – Bom dia, eu sou o novo professor de gramática. Pelo que vejo, o velho Quincas, antes de morrer tuberculoso por causa do giz, deixou o programa nas funções do "que". Vocês querem uma revisão do que não foi visto ou uma bizuradinha só pra enrolar?

SIMONE (*levantando-se do público*) – Professor, qual a função sintática da conjunção "que"?

BOLINHA – Conjunção não tem função sintática.

SIMONE – Quincas disse que tinha. Eu tenho aqui no caderno.

BOLINHA – Você escreveu errado. O Quincas estava velho, já tinha morrido duas vezes antes sem dar um berro, porque não tinha água, luz nem gás, mas não ia cometer uma burrice dessa. A maioria dos professores daqui são burros, eu sei disso. Você conta nos dedos de um aleijado quais deles se formaram. Mas o Quincas era exceção. Por isso nunca virou estrela e ganhava menos.

SIMONE – Professor, o senhor não está desinformado? O Quincas não deu uma aula esse ano!

BOLINHA – E quem deu aula esse ano?

SIMONE – Mas ele faltava mais que os outros.

BOLINHA – É. Há professores que faltam um dia e são bons. Há outros que faltam um ano e são melhores. Mas há aqueles que faltam a vida inteira: estes são os imprescindíveis.

SIMONE – Já pedi a Painho para me tirar desse colégio. Mas Painho acha que os professores daqui é que são bons porque só cuidam das coisas do espírito e não se metem em política.

BOLINHA – É. O melhor professor é o analfabeto político.

SIMONE – Aqui, pelo menos, nunca teve uma greve. Veja o caso do Colégio Independente: arruinou-se por causa de bagunças. A polícia foi lá para manter a ordem. Painho, que é dono daquela loja de armas na Barão do Triunfo e tem doze clínicas clandestinas de aborto, emprestou algumas armas aos policiais para eles defenderem o progresso e a vida.

BOLINHA (*impressionado*) – Não me diga que você é Simone, filha de Luciano Índoli!

SIMONE – Sou, por quê? Ele fez campanhas nacionais de evangelização contra greves, violência e aborto. Distribuiu milhões de fitas e camisinhas.

BOLINHA – Então seu pai é aquele que financiou a repressão durante o regime militar...

SIMONE – Eu não era nem nascida ...

BOLINHA – Por infelicidade, não virou aborto. Teria dado lucro a seu pai. (*Exalta-se e recita.*)

> "Ser homem! Escapar de ser aborto!
> Sair de um ventre inchado que se anoja,
> Comprar vestidos pretos numa loja
> E andar de luto pelo pai que é morto!"

SIMONE – Meu pai não é morto!

BOLINHA – E quem está afirmando isso, abestalhada do cu cheio de impinge? Você já leu Augusto dos Anjos?

SIMONE – Não tenho tempo pra ler romances. Ou fico acelerando meus carros, pra bateria não baixar, ou passo o dia numa clínica de Painho, anotando os pedidos de aborto.

BOLINHA – Olhe, não me interessam seus carros ou seus abortinhos na manjedoura, porque eu não sou moralista. Mas o seu pai, aquele canalha, vai se ver comigo, porque ele é um dos responsáveis pela tortura do Frei Tito e eu sou guerrilheiro!

SIMONE – Por isso incentiva greves violentas, como daquela segunda vez. Deve estar preparando uma pior.

BOLINHA – Não sei que armas os professores vão usar na terceira greve. Mas na quarta vai ser pau e pedra.

SIMONE – Acha correto destruir as máquinas?

BOLINHA – Mais do que de máquinas, precisamos de humanidade. Seu pai é um grande ditador e está excluído do mundo novo. A vida ainda será tão feliz, que as luzes da ribalta e da cidade serão acesas por um garoto.

SIMONE – Ao invés de dar aula, por que fala tanto em meu pai?

BOLINHA – A podridão me serve de Evangelho.

SIMONE – Não fale assim de Painho. Ele é diabético.

BOLINHA – Veja a frase: "Seu pai é tão diabético, que mija rapadura". O "que" está ligando duas orações. Não tem função sintática.

SIMONE – Professor, assim eu choro. Tire esse verbo feio daí.

BOLINHA – Mijar é um dos verbos mais antigos do mundo. É mais humano que seu pai ou o verbo ser. Houve um tempo em que o homem nem era homem, era macaco, mas já mijava. Além disso, é derivado do latim "micum". Creio que seu pai não tem essa nobreza. Ele não mija, apenas dá ordem.

SIMONE – Painho mija, sim, que eu já vi. Ele não tem vergonha não.

BOLINHA – Ele não tem vergonha de mijar na cabeça dos trabalhadores.

SIMONE – Por que o povo não luta como ele?

BOLINHA – Pra ficar tudo fedendo a mijo...

SIMONE – O senhor é imoral!

BOLINHA – O Senhor é imoral: criou seu pai e você. No princípio era o verbo, Adão, Eva, Abel e seu pai.

SIMONE – Não brinque não, que eu sou filha de gente importante.

BOLINHA – E importa? Eu sou filho de Deus, cujo pênis desceu do céu, entre os anjos, e flechou minha mãe. E nem por isso eu deixo de ser filho da puta.

SIMONE – Crê em Deus?

BOLINHA – Sei mais da Bíblia que você.

SIMONE – Duvido. Cite um trecho.

BOLINHA – "E naqueles tempos vivia em Jerusalém Stuart Angel, que era irmão de Bacuri, que era irmão de Mário Alves, que era irmão de Câmara Ferreira, que era irmão de Gregório Bezerra, que era irmão de Tito, que seu pai torturou!"

SIMONE – Não fale assim, professor, que eu não posso ter emoções fortes. Hoje de madrugada (*quase chorando*) meu irmãozinho acabou com um de meus carros. Atravessou uma preferencial sem parar e foi achatado por um ônibus.

BOLINHA – Que pena. Deve ter chegado ao hospital dentro de uma caixa de fósforo, com o olho de fora.

SIMONE (*chorando aos berros*) – Nem chegou lá. Morreu na hora!

BOLINHA – Que pena! Perdeu um carro, hem? E agora, com a concorrência estrangeira, vai ser difícil comprar outro.

SIMONE (*chorando*) – Não, Painho já mandou buscar outro no Japão. Minha coleção não pode ficar incompleta.

BOLINHA – Mas o irmão foi enterrado aqui mesmo. É, é tempo de crise. É preciso economizar.

SIMONE – Mas ele era tão novinho... quinze anos... o bolo já estava pronto quando cortou o sinal...

BOLINHA – Pronto! Podia ter me matado e jogado um bolo de areia em mim, com algumas velinhas... Vocês são coisas. E as coisas têm que ser lamentadas. (*Exalta-se e recita.*)

> "Triste, a escutar, pancada por pancada,
> A sucessividade dos segundos,
> Ouço, em sons subterrâneos, do Orbe oriundos,
> O choro da Energia abandonada!"

(*Simone sai chorando. Bolinha volta à cadeira de réu.*)

DEFESA (*reassumindo*) – Não vejo nada de imoral. O professor apenas quis mostrar que os alunos não sabem de nada e que essa história de cursinho é mito. O colégio joga com falsidades ideológicas e é santificado. O professor abre cabeças para a realidade e desce sem escadas aos infernos. E é porque o Colégio Vaticano prepara os homens do futuro. Excelência, caros senhores, já não entendo mais nada. Sinto-me satisfeito. (*Senta-se.*)

JUIZ – A acusação ainda quer se pronunciar?

ACUSAÇÃO (*Levantando-se.*) – Sim, Excelência. Calar-se diante do caos é o pior dos caos. Falsidade ideológica é a deste criminoso, que abala até a consciência dos irracionais! Disfarçou-se um dia de padre e entrou numa turma da oitava série para fazer uma missa. Foi o ano passado, no dia de Nossa Senhora. O Dr. Aragão foi tão ingênuo, que não notou o disfarce. O disfarce era monstruosamente perfeito! (*Enquanto isso, Bolinha se veste de padre na cadeira de réu.*) Chegou dizendo aos alunos que a Bíblia é contraditória!

BOLINHA (*Levantando-se e dirigindo-se ao público.*) – Bom dia, eu sou o novo professor de religião. Na verdade, sou padre e vim prestar uma ajuda espiritual a vocês. Rasguem a Bíblia.

SIMONE (*surgindo do público*) – Por que, padre?

BOLINHA – A Bíblia é uma sociedade de mentiras mortas. Só quem escapa ali é Jesus e Judas.

SIMONE – Jesus e Judas?

BOLINHA – Na verdade, Judas. Mas, como Judas não tem sentido sem Jesus, eu dou uma chance a Jesus.

SIMONE – Mas tem passagens notáveis na Bíblia, como a de Madalena.

BOLINHA – Madalena era uma quenga que, no entanto, não visava ao lucro. Eu tenho provas!

SIMONE – Este padre é louco!

BOLINHA – Louca é você, que estuda no cursinho, é iludida pelos professores, tem um caso com Dr. Aragão e não sei o que está fazendo aqui na oitava série.

SIMONE (*indo aos pés de Bolinha, de joelhos*) – Posso me confessar, padre?

BOLINHA (*em tom sério, olhando para o alto*) – Deus não ouvir-te-á, pois teu espírito está depravado! Escapaste de Sodoma e Gomorra por um triz, com Aragão, mas te cuida, porque ainda podes ser morta por ele!

SIMONE – Não, não, professor, eu estou me apaixonando.

BOLINHA – Por aquela alma torta, desviada das linhas de Deus? (*Em tom de conselho, pegando nos cabelos dela levemente.*) Minha filha, você ainda não tem idade para ser rapariga. Quando chegar teu dia, as trombetas avisar-te-ão.

SIMONE – Mas é sério, professor, eu estou me apaixonando por você! É a coisa mais linda que já me ocorreu!

BOLINHA – Não quero.

SIMONE – Mas podemos casar por comunhão de bens. Se a gente se separar, você fica com seis carros e meio, meia fábrica de arma e metade dos abortos.

BOLINHA (*Abrindo os braços, em tom de exorcismo.*) – Vade retro, Satã! Eu já tenho a minha rapariga! (*Entra Barão, vestido de Madalena e chorando.*)

BARÃO – Apedrejaram meu... apedrejaram meu... (*anda mancando*)... a-pe-dre-ja-ram meu pinguelo...

BOLINHA – E não o disseste a Pilatos?

BARÃO (*em voz arrastada e escandalizadora, entre choro e manha*) – Aquele safado daquele Pilatos me comeu ontem e hoje mandou apedrejar meu pinguelo. Pa-re-ce que e-le quer co-mer car-ne mo-í-da.

BOLINHA – E por que não chamaste um soldado romano?

BARÃO – A legião romana to-di-nha já me co-meu, até o terrível Aragonus!

BOLINHA – Quer dizer que não tens mais moral. E Jesus?

BARÃO – Tam-bém já pe-di pra Je-sus me co-mer, mas ele disse que ho-je não tá pre-pa-ra-do pra mi-la-gre.

BOLINHA – Milagre?

BARÃO – É que e-le pas-sou o dia ho-je rou-ban-do pão e peixe pra mul-ti-pli-car, can-sou e não tem mais e-ner-gi-a pra mim.

BOLINHA – Não tem mais energia?

BARÃO – Vou li-gar para a Sa-el-pa.

SIMONE (*interferindo*) – Barão! Que decepção! Um coordenador! (*sai de cena chorando*). Eu já disse a Painho pra me tirar daqui.

BARÃO (*em tom sério, acompanhando Simone*) – Ei, Simone! Isso é só brincadeira! É um ensaio. (*Sai.*)

BOLINHA (*ao público*) – Ninguém tem moral nesse colégio! Moral é cumprir a palavra de Deus, que é imoral! As cadernetas são falsas, as notas são dadas, as reuniões são só do diretor, a educação é fachada, a mensalidade é cara, o salário é baixo, o que é que tem de errado aqui? Só a Bíblia, que é contraditória! Judas foi quem salvou Jesus, pois sem a traição Jesus não teria sido crucificado e nós, que estamos fodidos, estaríamos fodidos! Caim matou Abel para ficar com o latifúndio do Éden. O anjo Gabriel expulsou Adão e Eva de suas terras só porque eles colheram uma maçãzinha. Elias voou num carro de fogo pra não pagar multas ao Detran. Salomão comia uma mulher e meia diferente por dia, sem nunca ter pego uma crista na cabeça do pau. A arca de Noé, feita com a madeira contrabandeada da Amazônia, não tinha uma goteira. A mulher de Ló virou estátua de tanto Ló rezar. Me digam: o que é que tem de errado em tanta mentira? Mentir faz bem ao sistema.

GREGO (*entrando às pressas*) – Ei, Bolinha! Aragão vem aí. Simone dedurou.

BOLINHA – Eu estava esperando por esse momento, Grego. Vai ser o Har-Magedon.

GREGO – Se você for demitido, eu abro o jogo. (*Ao público.*) E vocês, aluninhos, têm que saber o que Aragão anda aprontando. (*Descendo à platéia.*) Vocês costumam levar cartinhas pros pais, não é? Um aumentinho aqui, outro aumentinho ali, uma contribuiçãozinha acolá. (*Distribui folhas.*) Seus pais vão adorar essa. Nosso sindicato descobriu mil tramas do Aragão em São Paulo, com relação a encargos, legalização, pessoa física e jurídica do colégio, etc. Se lembram de Miraldo, que trabalhou dez anos aqui e não ganhou nada? Hoje tá com a Bíblia, lá no Mercado Central, esperando o Apocalipse. (*Sobe ao palco.*)

BOLINHA – O apocalipse é agora. Ou tudo ou nada! (*Entra o diretor.*)

DIRETOR – Canalha! Disfarçou-se de padre!

BOLINHA – Para você ver como o colégio é organizado! (*Sobe no birô.*) O dinheiro sai ou não sai?

DIRETOR – Desça daí!

BOLINHA – Faz três meses que a gente espera um mês! Eu tenho cara de Pedro Pedreiro?

GREGO – Esperando aumento desde o ano passado para o mês que vem?

DIRETOR - Tenho pedreiros em casa mais dignos que vocês!

BOLINHA – Diz isso, como se os pedreiros não tivessem dignidade! Mas você está certo. Palmas para o Diretor! Entre os professores, uns são indignados, outros babões, mas todos são indignos! Pedro Pedreiro pelo menos vive esperando aumento. E nós construímos o colégio para depois morrer atrapalhando o tráfego, sob o pneu dos filhinhos de papai.

DIRETOR – Desça daí, senão eu chamo a polícia!

BOLINHA – Polícia? Eu sou um padre! Tenho imunidades eclesiásticas! Só o Papa pode me condenar.

DIRETOR – Pois eu vou chamar o Papa!

BOLINHA – Meu Deus! Me esqueci que ele está no Vaticano! É tão próximo, como nos é tão próxima qualquer miséria!

DIRETOR – Desça daí, que isso tudo (*abrindo os braços*) é propriedade minha!

BOLINHA – Propriedade sua? Está ouvindo, Grego? Eu pensava que era propriedade dos bolcheviques.

DIRETOR – Eu tenho poderes para invadir até sua casa!

BOLINHA – Hitler também tinha e não encostou um dedo mindinho no Vaticano. O Papa não se mete em coisas materiais, por isso seu ouro está lá intacto!

DIRETOR – Meu Deus, este homem está arrasando meu colégio!

BOLINHA – Quer dizer que eu deveria estar rezando, enquanto você explora as almas. Pois vamos lá. (*Exalta-se e recita.*)

"Ó mundo ossálico, ficarás fofo
Quando as massas não forem reprimidas
E Jesus Cristo imploda de feridas
E a consciência de Deus se encha de mofo!
Chego ao final do século te vendo
Com os olhos lotadíssimos de pregos!
Ou fiquei cego e sigo dentre os cegos
Ou ao câncer dos olhos já me rendo!

Alcancem os meus olhos teu esperma
E espremam teus testículos aidéticos
Purgando miniaturas de morféticos
E outros vizinhos amigos do palerma!

Como a língua do cão que não se acalma
E espuma, doentio, cheia de hidro
A vagina de Deus arrote vidro
Vibrando eternamente na minh'alma!
Ó Augusto, me beija com escarro!
E eu quero ver aqui, em meia-luz,
Os lábios grandiosos de Jesus
Lambidos pelas víboras do barro!"

DIRETOR – Isso extrapola minha competência! É caso policial, de marginal raso.

BOLINHA – Qual a diferença do professor pro marginal? É que alguns têm o diploma.

DIRETOR – Você mesmo reconhece que faz parte de uma laia que não estuda, não se atualiza, não se recicla. Então por que fica reclamando do salário?

BOLINHA – Porque eu sou um padre. E Deus já me disse, pessoalmente, que é contra o salário mínimo. E que é mais fácil um camelo passar no teu fundo que um rico entrar no Paraíso. Porque os ricos já estão no Paraíso.

DIRETOR – Você vai ver o que é Paraíso! (*Sai.*)

GREGO – Vamos rezar, padre. Estão chegando uns fiéis. (*Entram todos os professores e acompanham Bolinha em coro.*)

BOLINHA (*com as mãos ao alto*) – Pau nosso que estais no cu, santificada seja a nossa fome, venha a nós o vosso freio, seja feita a vontade do capital, assim na Terra como em todos os planetas. O pau nosso de cada dia... (*A reza é interrompida pela chegada do Diretor com o Delegado.*)

DIRETOR – É aquele ali, Delegado! O subversivo!

DELEGADO – Saiam todos! Minha conversa é só com Frei Tito. (*Saem todos e Bolinha é sentado na cadeira de réu, inteiramente imóvel.*)

TITO –

DELEGADO – E agora, padreco? A festa acabou. (*Apagam-se as luzes.*) A luz apagou. O povo sumiu. A noite esfriou. E agora, padreco? Sem mulher, sem carinho, já não pode fumar (*com voz violenta*), mas eu posso cuspir na sua alma! Eu sou o bonde que vai te esmagar! Está entendendo, padreco filho da puta? (*Vão chegando os assistentes da tortura.*) Vai morrer no mar, vai ser enterrado num cemitério clandestino de Minas! Ainda crê no comunismo? Não veio a utopia! Utopia de degenerados! Você matou a Família Real da Rússia! Matou Kerensky! Matou Trotsky com uma picareta no cérebro! Matou a juventude do Brasil, que antes de você era bem-comportada! Matou Jesus, seu Barrabás subversivo! Mas, se Pilatos falhou, eu não falho! Porque eu sou Deus e vou lavar as mãos em seu sangue, porque o sangue de todos os animais deve voltar para mim! Onde arrumou o dinheiro para as passeatas e o congresso de Ibiúna? Hem? Vai dizer não? (*Ordena o choque, Tito dá uma berro.*) Frei Tito de Alencar Lima, estás condenado pela Inquisição, que desde 1500 espera por essa oportunidade. Se a Inquisição falhar, eu não falho! Se este tribunal aqui (*aponta para o cenário*) falhar, ainda resta o Tribunal de Deus! E eu sou Deus, entendeu? (*Outro choque, Tito desmaia.*) Que merda!

Joguem um balde de água nele, enquanto eu vou aqui fora. (*Sai. Os torturadores jogam água em Tito, que se acorda e vê Deus descendo, lentamente, de um elevador. Total contraste entre a escuridão e o elevador luminoso, de onde se irradia, em meio a músicas gregorianas em uníssono, a figura do Delegado, envolvido em fumaça, roupa branca comprida, uma* Bíblia *na mão e longuíssimas barbas.*)

TITO (*violentamente emocionado*) – É o Senhor! Oh! (*Ajoelha-se, com o rosto no chão.*) Viestes me salvar? Será que mereço, Senhor?

DEUS (*com voz grave e calorosa, confortando Tito espiritualmente*) – Claro, Tito, claro que mereces. Aqueles maldosos serão punidos. (*O elevador encosta no chão.*) Vem, Tito, que teu dia chegou.

TITO (*ajoelhado, mantendo o rosto no chão*) – Não, não, eu não posso ver vossos olhos!

DEUS – Pode sim, Tito. Olha-me, contempla-me, toca-me, porque eu te amo infinitamente.

TITO – Mas eu não vos amei. Eu preferi o comunismo, a degeneração, a subversão da vossa palavra, as ruas, campos, construções, passeatas, greves! Eu me misturei com os pecadores!

DEUS (*chegando perto*) – Tito, olha-me, sente-me, toca-me. (*Encosta um dedo em Tito, que cai aos berros.*)

TITO – Naaaaaaaão! Eu não posso olhar-vos!

DEUS – Olha para mim, padre filho da puta! Confessa quem te deu o dinheiro de Ibiúna, que eu te salvo! Eu sou tua salvação, filho da puta! (*Tito corre, aos berros. Tira a roupa e se prega à parede, em posição de ladrão revistado. O Delegado corre até ele, puxa-o para o elevador.*)

TITO –

DEUS – Vem, Tito. (*Subindo.*) Este mundo está muito perverso. Eu vou te levar para o Inferno! (*O elevador começa a subir, Tito berra e o Diretor pára.*)

DIRETOR (*surgindo dos bastidores*) – Pára, pára! (*Acendem-se as luzes.*) Um desastre! (*O elevador pára. Voltam os atores.*)

BOLINHA (*Nu, de cima do elevador.*) – Putaquipariu, Aragão, no melhor da peça!

DIRETOR – Aragão uma porra! Vira essa boca pra lá!

BOLINHA – Peraí: tu és Aragão ou o diretor da peça?

DIRETOR – Frescura, Bolinha! A situação é séria. Aragão está chegando amanhã de um congresso de educadores em São Paulo. Mas eu parei por dois motivos. O primeiro, um desastre: Russo teve um derrame cerebral...

TODOS – Oh! (*Descaracterizam-se.*)

DIRETOR – E Barão fazendo Simone não tem nada a ver.

BARÃO – Em que cena?

DIRETOR – Aquela do cursinho. Não tem lógica!

BARÃO – Ah não! Eu quero ser Simone, só Simone, nada mais que a Simone.

BOLINHA – Vocês estão discutindo isso, tendo um caso tão sério como o de Russo? Por esses dias (*aponta a cabeça do pênis*), olhe quem vai ter um derrame.

LUA – Respeite os professores mortos, Bolinha. Chegamos ao extremo do patético; mas não é necessário cavar mais possibilidades. Já está esgotado o subsolo da História para nós, mas insistem em descobrir pequenos abismos para nos socar como lombrigas. Por isso, concentremo-nos em silêncio a mais um ido.

BOLINHA – Discordo dessa acomodação. Afinal, a festa não acabou, a luz não apagou, o povo não sumiu, a luta esquentou! Temos que tragar de vez esse colégio, reduzindo-o a um Ateneu ou a uma Casa de Usher! (*Apagam-se as luzes.*)

LUA (*fora de cena*) – Olhaí, Bolinha, tu não dissesse que a luz não tinha apagado?

BOLINHA – Vai pra porra! (*Vão saindo aos risos. Fica só o Diretor, focalizado de frente para o público.*)

DIRETOR (*triste*) – Eles não sabem de nada. Gatão morreu hoje, de moto, quando vinha para cá. Um aluno cortou o sinal com um caminhão e Gatão virou um ratinho. Esmeralda está com câncer: seu corpo hoje não vale um topázio de feira: acumulou uma pedra de giz no rim. Quem teve destino melhor foi Miraldo: foi bem recebido pelos médicos da Juliano Moreira, onde fará tratamento com Deus, nas nuvens. (*Abre os braços ao céu.*) Ó Pai, eles sabem o que fazem! (*Sai.*)

GREGO (*entrando e sendo enfocado*) – Russo morreu. Foi fundador dessa escola e ganhou um derrame. Miraldo está doido, sem luz. (*Acendem-se as luzes.*) Gatão teve um acidente de percurso. Poeta morreu tentando recitar. Em quem está a culpa? (*Entra o caixão de Russo, acompanhado em marcha fúnebre pelos professores. Jogam um osso no palco.*) Nossas caveiras ficarão vivas a rir de nós. (*Jogam mais ossos.*) Somos professores sem classe. Subprostitutas que os micróbios hesitarão em usar. (*Mais ossos. O caixão se aproxima da beira do palco.*) Nossas carteiras serão assinadas no céu. Mas por enquanto não passamos de estatística. (*Mais ossos, que devem chacoalhar o palco.*) Onde estão tuas aulas, que faziam os alunos prorromper em gargalhadas, Bobo da Dinamarca? Onde estão tuas astúcias, advogado do diretor, babão, que nunca lutaste contra esta ordem? Miraldo ao menos tem uma Bíblia, o que retarda sua descida sem Virgílio ao palco infernal. E nós, herdeiros desse trono, cercados de ossos! Oh Deus! Opróbio para escolas particulares! Como me parecem abjetos, antiquados, vãos e inúteis esses jardins que não foram limpos! E os diretores nos usurpando pelos ouvidos, como a cobra que matou o velho Hamlet! Ter e ter, eis a acumulação! Um espectro paira sobre nossos ossos – o espectro da fome. E os diretores não se unem para combatê-lo. (*Aproxima-se do caixão, que é colocado o mais perto do público.*) Quando Simone morreu, eu fui orador oficial do enterro. Louvei aquela figura que nasceu morta de tanta riqueza. Da primeira fralda aos treze carros, nunca fez o menor esforço para ser sujeito. (*Exalta-se e recita Augusto dos Anjos.*)

> "Fruto injustificável dentre os frutos,
> Montão de estercorária argila preta,
> Excrescência de terra singular...
> Deixa a tua alegria aos seres brutos,
> Porque, na superfície do planeta,
> Tu só tens um direito: o de chorar!"

Foi um escândalo. Quase me apedrejam com o mármore que cobria a cova dela. Quase me trocavam por ela. Por pouco não fui para a eternidade com aquele espírito vulgar. Mas este aqui? (*Aponta o caixão de Russo.*) Estes aqui? (*Aponta os ossos.*) Só alguém mais corajoso do que eu para cometer escândalo. Afinal, estes somos nós e nossos erros não devem vir a público.

LUA – Por uma questão de moral?

GREGO – Não. Porque isso fortalece o patronato.

BOLINHA – Discordo. Nossos erros têm que ser criticados. Não no caso de Russo, que só dedurou alguns, nunca participou de uma greve e jogou uma garrafa na cabeça de uma professora durante um piquete. Mas no caso de todos, que deduramos a nós mesmos quando nos desunimos. De Miraldo, o fundador, até hoje, passando por Quincas, e Enéias, e Cadão, toda uma Bíblia de maltrapilhos, quantas vezes corremos o risco da união? Por destino da ironia, só estamos unidos num enterro (*aponta o chão*) e os nossos ossos nos contemplam com risos antecipados que, no entanto, fingimos não ouvir. Até quando continuaremos nos atropelando? (*Pausa. Sobe em cima do caixão.*) Ibope revela: a maioria dos brasileiros quer subir na vida por conta imprópria. De que adiante conseguir bens sem derrubar os outros? Será que os corruptos não têm paz na consciência? Explorai ao próximo, disse o Senhor, pois sem a degradação alheia não conseguireis êxito! O que vale é a riqueza exterior. O lucro é que motiva nossas brigas, ainda que nos encontremos um dia perante o Tribunal de Deus. Afinal, Deus falha, mas não tarda. Quem aqui faz aqui não paga. Os últimos serão os últimos. Só a guerra aproxima os homens. Só o capitalismo salvará o proletariado. Quem tem olhos não veja, quem tem ouvidos não ouça, quem tem coração não sinta o que os espíritos dizem às congregações. (*Entra o Delegado.*)

DELEGADO – Agora não é mais suspeita, é prova real! O padreco está pregando para os subversivos! E dessa vez nu!

TITO (*Recolocado na cadeira de tortura.*) –

DELEGADO – Desde quando precisamos de provas, hem? Acha que sou Deus, padreco, hem, acha que eu sou Deus? O Inferno não são os outros, o Inferno sou eu, entendeu? (*Pega um monte de ossos nas mãos.*) A América Latina está fechada para teus latidos! Estamos criando um congresso internacional de medo! Está vendo isso? Trabalho nosso, trabalho suado, como a criação de um novo mundo. Os comunistas serão reduzidos a túmulos e sobre seus túmulos nascerão flores amarelas, verdes, estreladas e medrosas! (*Olha em volta.*) Matem este célebre filho da puta! (*Quando os torturadores vão matar Tito, o Diretor pára.*)

DIRETOR – Pára, pára, Aragão vem aí!

ARAGÃO (*Entrando pela primeira vez no palco, de paletó, uns papéis na mão, todo formal.*) – Enquanto estive em São Paulo, fiquei sabendo da atuação de vocês aqui dentro. (*Os professores se descaracterizam. Bolinha se veste rápido.*) Estão todos demitidos!

LUA – Todos? Estás com o juízo na lua?

ARAGÃO – Todos, menos Bolinha.

LUA – Menos Bolinha? (*Bolinha passa para o lado de Aragão.*)

ARAGÃO – Ele me mandou relatório sobre vocês.

LUA – Ele quem?

ARAGÃO – Bolinha. É meu homem de confiança aqui dentro. Foi pago para descobrir quem anda divulgando o problema de Simone. Mas descobriu coisas piores, como a imoralidade e o plano de vocês para arrasar a escola.

BARÃO (*para Bolinha*) – Isso não é outra peça não, é?

ARAGÃO – É verdade pura. Os relatórios estão aqui. (*Mostra os papéis.*)

BARÃO (*para Bolinha*) – Cadela!

ARAGÃO – Vocês caíram numa armadilha. São uns inúteis. (*Para Barão.*) E dobre sua língua, Barão, em respeito a esta casa.

BARÃO (*para os dois*) – Cadelas! (*A revolta se espalha lentamente.*)

LUA – Logo Bolinha?

BOLINHA – Entendam. Minha mãe está doente e eu preciso do dinheiro daqui.

GREGO – Filho da puta! (*Aos outros.*) Temos que dar uma surra nele! (*Quando avança, Aragão tira do bolso um revólver. Grego recua, mas desafia*). Cadela não mata a ninguém, por mais que lata! (*Dá um passo à frente.*)

ARAGÃO (*com o revólver apontado*) – Pare, se não quiser ver São Pedro antes do São João!

GREGO – Tu atira em ninguém, corno manso! (*Avança pra cima de Bolinha e leva um tiro. Cai sangrando no chão.*)

LUA (*horrorizada*) – Assassino! Teu crime foi tão terrível, que, se fosse no Inferno, assombraria o próprio Demônio!

ARAGÃO – Estou na minha propriedade. Não tem lei no mundo que me incrimine. Estou sendo invadido por porcos e tenho direito a defesa.

LUA – Assassino! Bolinha, olha tua arte! (*Horrorizada, grita.*)

ARAGÃO – Alguém mais ousa avançar? (*Avança com a arma, os professores recuam. Grego morre.*) Quem é o próximo premiado? (*Os professores descem o palco, andando para trás. Estão desmoralizados em tudo.*) Hem, quem é o próximo premiado? (*Tira o paletó e sacode no chão com raiva. Por um vacilo, o revólver cai. Lua o pega e o empunha.*)

LUA – Está vendo como a vida vale um segundo? Quer ser o próximo premiado?

ARAGÃO (*já sem paletó*) – Porra, Lua, nós já fomos premiados! A peça foi aceita em São Paulo! (*A euforia é geral. Todos gritam. Grego se levanta do chão.*)

GREGO (*limpando o sangue*) – Premiada em São Paulo?

BOLINHA – E agora, Aragão?...

ARAGÃO – Levei uma cópia em vídeo, eles adoraram. Só falta corrigir umas contradições, como aquela do Convento, no início.

TODOS – Oba!

ARAGÃO – Tem algumas inverossimilhanças, mas... desde quando o mundo teve verossimilhança?

BARÃO – Nem nos dias do fiat lux.

ARAGÃO – Falaram de apelação, mas eu disse que é uma peça religiosa.

LUA – Por isso tem que mostrar toda a nossa imoralidade.

ARAGÃO – E o melhor: conseguimos inscrição no concurso Casa das Américas, em Havana! (*A euforia é geral.*)

TODOS – Oba!

BOLINHA (*fazendo da mão um avião*) – Atenção, senhores passageiros, a Escola Teatral Vaticanus está a caminho de Cuba, o paraíso encontrado. (*Mudando o tom.*) Vai ser o Dia D! Ou Fidel nos aplaude, ou nos manda de vez pro paredon. (*Todos riem, pegam Aragão nos braços e sacodem para o alto em comemoração.*)

TODOS – Aragão é bom companheiro
Aragão é bom companheiro
Aragão é bom companheiro
Ninguém pode negar. (*Entram nos bastidores.*)

(*Gritos e palmas. O caixão de Russo se abre, ele sai gritando: "Ei, vocês me esqueceram!" e entra também nos bastidores.*)

CUSPES DE DROMEDÁRIO

Clara tava com o parmesão cada vez mais inchadinho. Ficava desenhado na calça como uma fenda esperando minha chave. Não podia passar daquela noite. Soube que ela ia pruma discussão sobre filosofia, ah, meu Deus, filosofia. Era na Faculdade de Direito, na Praça João Pessoa, onde tem aquelas estátuas deixa que eu empurro. Entrei em filosofia porque sobrou vaga e porque Clara prometeu fazer de mim gente. Mas parece que se amarrou num desses marmanjos que só sabem discutir e eu fiquei boiando. O parmesão dela era meu, não tinha quem tomasse. Não entendo caceta nenhuma de filosofia, mas sei o que Clara quer com tanta fala fora de hora. Nunca manjei um centavo de filosofia (é por isso que as partes filosóficas desse conto quem escreve é o autor implícito, para ter verossimilhança).

No meio do caminho tinha uma pedra: uma velha mendiga que devia tá era fodendo por aí, enquanto seu lobo não vem. Sou puto com quem pede esmola. Mas a velha tinha um detalhe arretado: olhos bem verdes, como os de Clara. Tive vontade – passageira mas tive – de alisar o parmesão fedorento mofado cheio de grude daquela dromedária. Mas deixei ela em paz. E fiquei com uma xerequinha nova e clara inchando minha consciência cristã.

Entrei na Faculdade. Os Neovetustos tavam lá. Eles só trabalhavam a metalinguagem e eram coroados nos jornais. De quando em quando saía matéria – sólida, líquida e a maior parte gasosa – sobre a vanguarda da poética deles. Eram os mais avançados. E tavam em todas. Ali, na Faculdade, era a comemoração dos dez dias do pós-moderno na cidade. Foram dez dias que abalaram o mundo da província. Mas já tinha os pós-pós, pois os pós-modernos já eram dados como ultrapassados. E os Neovetustos, que só trabalhavam a metalinguagem, já eram ex-pós-pós, pois estavam sempre rompendo. A bem da verdade, eu queria romper era Clara, que iniciou uma polêmica:

– Um defeito nítido da poética pós-moderna é não diatopizar a semicidade imediata do ser enquanto estrutura intra-ôntica extrametafísica. Tal imprecisão decorre dos meandros polissêmicos que caracterizam a sensorialidade perceptiva da consciência mediata do pós-moderno. O *telos* fenomenológico da autodestinação do ser não está no *fenos* imediatamente perceptível, mas no *nôumenos* que não fenomeniza o ser aí. Não se trata de homogeneizar a concretude abstracional do abstrato enquanto estratificação inferior do ser, muito menos de absolutizar a relativização da *néantisation* sartriana para não cair no relativismo absoluto. Trata-se, e isso é claro, de elucidar as instâncias fragmentárias da totalização do ser não propriamente totalizante, mas já totalizado em momento anterior de sua evolução gradualística. Os antigradualistas cometeram equívoco similar ao dos pós-modernos, pois não elencaram dispositivos categoriais convincentes para sua abordagem meta-analítica da realidade. Eles desprezam a realidade. Contudo, eles legaram à filosofia ocidental uma percepção aposteriorística do real muito mais plena de concretude. É que entre o método metassintático e o metamorfológico, ambos extraídos da sabedoria chomskyana, conseguiram elevar-se à instância do conhecimento organizacional. O pós-moderno subtraiu-se à totalidade processualística de ordem hegeliano-marxiano-lukacsiana e acabou por apologizar a variação puramente espacializante do ser, preferindo a visão multiplicitária à da unitariedade teleológica.

Foi aplaudida em massa por sua torcida. Os Neovetustos, que só trabalhavam a metalinguagem, vaiaram. Quando o filósofo pós começou a replicar, também foi vaiado pelos Neovetustos, que só trabalhavam a metalinguagem. O chefão da mesa então pediu silêncio e respeito. Mal Clara me olhou fiquei com a chave apertando o fexiclé. E supernumaboa porque ela piscou o olhinho pra mim, cara, é hoje.

João Batista Diáfano, que ainda era pós-moderno, coitado, replicou:

– Há um equívoco na apreensão cognoscitiva que Clara faz da semiologia pós-moderna. Ela incorre em generalizações imperspicazes sobre as particularidades de um conjunto epistêmico, fenotipizando-o sincronicamente, ao invés de genotipizá-lo em suas propriedades diacronais. Assim, não pode acusar os antigradualistas de percepção isolacionista da totalidade do ser, uma vez que o *Weltanschauung* superestrutural deles é homólogo ao dela. Eles desprezam a realidade. E o mérito do pós-moderno – não mérito moralístico, mas cognoscente – é refutar o solipsimo de uma visão inframonística do mundo e oftalmologizar o mundo de uma forma mais clara. Daí os antitautológicos terem cedido às tentações deturpantes da esquematização imediatista do ser aí. O inter-relacionamento inextricavelmente umbilical das subcategorias constituintes do todo é um imperativo irrevogável do não-ser aí, uma vez que as precondições da autoplenificação do processo interativo do *Aufhebung* não estão de todo formadas. No sentido husserliano do termo, a razão inversa do *status* fundante das circunstâncias extra-sensoriais da *physis* já foi dissolvida pela temporalidade. O que mais compromete a filosofia hoje é a coisidade antinômica evanescente do a-ser.

Aplaudido em massa. Os Neovetustos, que só trabalhavam a metalinguagem, caíram na vaia. Enquanto o marmanjão arrumava a mesa, fui descolar um cigarro lá fora. A calçada da Faculdade estava podre de cuspes. Uns dromedários tinham se juntado à velha mijona, talvez para ouvirem os filósofos em conjunto, não isoladamente, para não prejudicarem a totalidade de seu ser. A velha imundinha me pediu um cigarro. E eu repliquei:

– A senhora não tem vergonha, Dona Maria, de ainda ser mendiga? Já podia ser pós-mendiga. Pois a social-democracia dá ascensão a todos.

A velha, com um mau hálito de quem acaba de copular oralmente com Belzebu, disse assim:

– O nome da veinha não é Maria, meu fii, é Gertrudes.

Apanhei uma pedra.

– Pois bem, Dona Gertrudes, olhissaqui. Isso é uma rosa. E uma rosa é uma rosa é uma rosa.

– Veinha não entendeu.

– Vai entender. Se uma rosa é uma rosa, é porque há identidade entre o sujeito e o predicado. É a totalidade extensiva e espontânea do herói épico.

– A veinha não entende nada, meu fii, a veinha não estudô.

Os outros mendigos concordaram. Eu discordei da epistemologia da velha pesada:

– Veja bem: o ser não é o extra-ser, mas o intra, entendeu? É uma questão de desemprego.

– Não entendi, meu fii, a fala de meu fii não é clara.

E cuspiu. Tive nojo imediato na sensorialidade física e psíquica. Mas eu queria mesmo era descolar uma noite com Clara. E cortei o papo com os perfumados:

– Olhaqui, a única esmola que eu posso dar é um livro de filosofia. Vocês querem em francês ou alemão? É, tem que ser no original, senão vocês perdem a autenticidade.

Voltei para a sala de polêmicas. Traguei rápido a piola e fiquei ouvindo os intragáveis:

– Diáfano não enxerga que a peculiaridade do pós-moderno não deriva necessariamente das contingências da facticidade do ser, mas da invulnerabilidade ontológica das metacategorias do discurso epistemológico. É uma instância superior à *doxa*, uma vez que o *topos* nuclear do postulado é a invariante profunda que existe na estrutura do ser enquanto entidade em si. Não é o ser enquanto *Dasein*, mas a transição da fase hipostática da autoconsciência enquanto ser em si para a hipercomplexificação da totalidade do para si. Ora, quero deixar isso bem claro. Os pós-heideggerianos subtraíram-se à inferência do estar-no-mundo enquanto determinação paradeterminativa da constituição interna do ser aí. Eles até hoje hipotetizam aspectos supradimensionais da infraestruturalidade do projeto global das especificações. Eles desprezam a realidade. E o absurdo de nossa época não é reflexo linear ou pavloviano da absurdidade da absurdez, mas a unidade contraditória do processo ípsico que compromete toda a nadidade a que ora assistimos. A vida perdeu sua tudidade desde que o existir enquanto *ec-sistir* tornou-se subsistir enquanto *sub-sistir* na acepção etimológica do termo. Diáfano não vê que o a-ser foi superado dialeticamente pelo meta-ser. Não o meta-ser particular ou singular, no sentido integralmente hegeliano do termo, mas o meta-ser conforme as regressas considerações metafísicas da doutrina kierkegaardiana da subordinação da razão ao pecado. Em minha tese de doutorado, visando a fins sociais e didáticos, defendo que o meta-ser universal dissolvido na absolutização da niilização ontológica da essidade fundamental do ser está na pobreza. Pois é na mediaticidade da alienação reificada que subjaz a possibilidade dialética de liberdade e transparência. O homem é um ser condenado à transparência. E nisso reside a essencialização inevitável de toda contingência exterior ao âmago de sua essencialidade. Ora, como plenificar esse projeto teleológico sem um exame prévio da objetivação possível do dever-ser? A temporalidade que gera a consciência da finitude e a insubordinação irreversível do imperativo categórico da vontade são momentos imprescindíveis à distinção do homem enquanto ser autocognoscível. Pois é justamente na autocognoscibilidade que o homem aperfeiçoa seus instrumentos de compreensão do mundo circunstante, que nada mais é que uma realização precária do infinitivo latino *stare*, de raiz etimológica passiva, em forma circular que já anuncia, em suas contradições internas, a inquietação interior do ser que conclama por abertura ao infinito.

Foi aplaudida em massa por mim. E pela torcida, claro, pelos partidários da crítica da razão pós-moderna. E Clara piscou de novo para mim, como se estivesse piscando a fenda do parmesão. Enquanto o presidente da mesa pedia silêncio aos Neovetustos, que só trabalhavam a metalinguagem, fui fumar lá fora. Não sei que diabo tinham aqueles meta-seres de calçada para cuspirem tudo. Direito estava coalhado de podridão.

Voltei bem na hora da quadréplica do pós:

— Clara, em sua insistência processualística, não esclarece a dimensão de experiencidade não enquanto conjectura subjetiva, mas como efeito psíquico da praxidade do ser autodesalienante. Ora, isso é uma questão simples. Não é a teleologicidade imanente ou transcendentalística do ser concreto — atenção: não me refiro a transcendental, que é inerente à fetichização irracionalista da auto-imagem narcísica do ser — que impele a evolução do ser de massa amorfa primeva ao livre arbítrio coletivo da negação do estabelecido. Os recalcitrantes antipós-modernos estão se indiferenciando historicamente. Eles desprezam a realidade. E isso não é evidenciação lógica, mas ontológica, tendo certa homologia hermenêutica com a estruturação holo-ôntica do todo. Isolar a microfísica do ser social de suas determinações extra-ônticas é irredutibilizar a sondagem gnósica do objeto em questão. Em minha tese de livre docência, depois de quatro anos de trabalho de campo, concluí que as desrazões efetivas da eidética dos nadas hipostasiados que o mundo-coisa impessoaliza nas sub-relações do construto ontológico da primazia da passionalidade sobre a inteligibilização da consciência abstrata estão no salário mínimo. Mas os políticos até hoje não me ouviram. Eles desprezam a realidade. E eu discordo das proposições epistêmicas de Clara porque ela relativiza o imperativo exclusivamente intra-humano da decisão consciente. Entre a intenção programada do imaginário individual, que apenas atualiza as predisposições éssicas genéricas, e as propriedades constitutivas da infra-estrutura social, ora, entre esses dois pólos da existencialidade humana, cujas incongruências pragmáticas em nada afetam a inerência original do ser, reina, inconfundível, a arbitrariedade sígnica da metalinguagem metodológica do método ametódico.

Pela primeira vez os Neovetustos bateram palmas. E eu já tava com uma cefaléia irredutível no meta-cérebro. Eu queria era meta-Clara, mas ela ia era quinteplicar:

— Aderi ao pós-moderno enquanto ele pôde sobreviver à secularidade. Mas hoje, dez dias depois, o mundo já sofreu mutações substanciais em seu genoma. Entretanto, os pós-modernos continuam desprezando o tempo. Eles desprezam a realidade. Ora, o presente não pode passar senão tornando-se o antes para um para-si que se constitui como o depois daquele presente. Então, há apenas um fenômeno: o surgir de um novo presente que preteriza o presente que ele era, e a preterização de um presente que envolve o aparecimento de um para-si para o qual esse presente vai tornar-se passado. O fenômeno do vir-a-ser temporal constitui uma modificação global, uma vez que um passado que fosse o passado de nada não seria mais um passado, e uma vez que um presente deve necessariamente ser o presente desse passado. Ademais, essa metamorfose não afeta apenas o puro presente; o passado anterior e o futuro são igualmente afetados. O passado do presente que sofreu a modificação da preteridade torna-se o passado de um passado – ou um mais-que-perfeito. No que concerne ao mais-que-perfeito, a heterogeneidade entre o presente e o passado é, então, subitamente eliminada, uma vez que o que fazia o presente distinto como tal do passado tornou-se agora passado. No decorrer da metamorfose, o presente continua a ser o presente desse passado, mas torna-se o presente passado desse passado. Isto significa, primeiro, que esse presente é homogêneo com a série do passado, que se estende a partir dele para trás até seu nascimento e, segundo, que esse presente não é mais seu passado sob a forma de ter de sê-lo, mas sim sob a de ter sido de sê-lo. A conexão entre passado e mais-que-perfeito é uma conexão que se dá sob a forma do em-si, e aparece alicerçada no para-si presente. É isso que mantém a série do passado e mais-que-perfeitos soldados num único bloco, a serviço da distribuição de renda. Eles desprezam a realidade. O futuro e o presente passado solidificam-se no em-si alicerçados em meu presente. Desse modo, o futuro, no decorrer do processo temporal, passa para o em-si nunca perder seu caráter como futuro. Na medida em que ele não é alcançado pelo presente, torna-se simplesmente um futuro dado. Quando é atingido, modifica-se com a qualidade da idealidade; mas essa idealidade é a idealidade em-si, pois ela se apresenta como uma carência dada de um dado passado e não como a carência que um para-si presente tem que ser sob a forma de não ser. Quando o futuro é ultrapassado, ele continua sempre à margem da série de passados como um futuro anterior – um futuro anterior de um determinado passado torna-se mais-que-perfeito, um futuro ideal dado como co-presente de um presente torna-se passado. É o futuro singular de quem já conseguiu assimilar a fragmentação do tempo num tempo homogêneo de perpétuo presente, que tem uma dimensão estética. Por exemplo, o futuro dos mendigos.

Foi aplaudida em massa por filocategorizar a mendicidade do ser dos miseráveis. Mas Diáfano contestou e partiu para um desconstruto:

– As argumentações de Clara são visivelmente sartrianas. Parece até que ela copiou Sartre. Mas a problemática da inconsciência da abordagem existencialista do temporal não está no sartrianismo, mas nos sartrianistas. Eles desprezam a realidade. Em minha tese catedrática, desenvolvida na França, provei que o *Mitsein* da intersubjetivização objetificante da significância do para-si não está na desautomatização da linearidade do signo verbal, mas justamente no oposto. Ocorre que o processo de para-sização do ser só é probabilizado no real e incontestável em-sizamento profundo das heranças despreterizadas da temporalidade. É o que acontece nas favelas do Rio de Janeiro. Trata-se de situar o estar-no-mundo-em-meio-a-outros entre a transcendência possível e abstrata do outro e a transcendentalização real e concreta do eu pelo outro, como fazem até hoje os correligionários do sistema husserl-heidegger-sartre-anti-pró-eniano da autogeração espontânea de robinsonadas individualistas. Eles desprezam a realidade. A consciência de classe não passa de um instante precário de subdesniilização singular da identidade universal entre alienação e objetividade, como um todo que não se eleva à totalidade parcial. Falta aí o reconhecimento da efetivação intermônada do estado original do ser para outros, conforme não os pressupostos ilusórios e científico-cristãos da psicanálise, mas de acordo com as necessidades imperativas da fome. A fome é secundária não por causa de sua condição primária, mas porque intervém, em nível reflexivo, apenas na instância do pré-ser aí, obliterando a emancipação do ser integral enquanto pós-ser em seu para-si em forma de ser-além. Já a impossibilitação apriorizada dos critérios das contrapartes reificadas do todo pós-dialético nasce do reflexo do nada, uma vez que as propriedades mais íntimas do ser são exteriores ao ser em-si. Por isso, a heurística existencial de Sartre se impõe como fator pré-requisitado por ulterioridade para a análise da puridade do quase-ser em condições efetivas de essidade real. O confronto entre essas duas concepções pode provocar um escândalo sem precedentes no âmbito dos conflitos sociais. A síntese dialética forçada feita por Clara corre o risco de perder a particularidade da objetivação do tempo histórico presente e despresentificar o futuro não na futurização do passado, o que é óbvio, mas na impreterização recalcitrante do presente mais-que-perfeitizado. É o que está acontecendo com os crimes cometidos pela polícia. A presenticidade do futuro já tornado presente é equivalente à transistoricização das causas da inflação. Já a preterização espontânea do futuro requer de imediato a equivalência equidistante entre futuro e pretérito. Mas esta não é uma questão a ser resolvida na lógica, e sim na ontológica da práxis jamais praticada. A prática é o pecado original da filosofia. Sem ela, não há teoria válida. E isso é apenas um esboço de análise.

Foi aplaudido em massa pela platéia dorminhoca. Lá fora, começou a amanhecer. Anoiteceu. Os dromedários, na calçada, acordaram e dormiram. E Clara não concordou com Diáfano.

– A questão nuclear e concêntrica dessa discussão preliminar de hoje...

Amanheceu.

Meu pau desistiu conscientemente do parmesão. Nessa decisão, em meio aos cuspes que já subiam o último degrau do Direito, realizei a essência da liberdade humana, conforme alguns pensadores, de Schelling a Sartre, dos pós-modernos aos Neovetustos, que só trabalhavam a metalinguagem. Era minha entrada triunfal no chão puro da filosofia.

AS MÃOS SUJAS DE SARTRE

São Paulo, abril de 95. Na quinta-feira da paixão, chegava ao Ibirapuera uma exposição das obras-primas do século vinte. Havia circulado por Paris, Frankfurt, São Petersburgo, Tóquio, Nova York e outros centros de intercâmbio mundial. Prometia passar por mais de mil cidades do mundo inteiro. Com um compromisso: qualquer jornal que fosse documentá-la não poderia dizer quais eram os seus conteúdos. O objetivo era despertar interesse autêntico pela arte, maior manifestação de liberdade do homem, sem que a imprensa destruísse o mistério. Todo jornalista que entrava no Ibirapuera assinava o termo de compromisso. Cortando filas, entrei como jornalista da USP, tendo lugar reservado no auditório. As multidões, entusiasmadas, reclamavam da discriminação. E só não houve complicações porque todos se calaram diante de uma passeata inesperada: mendigos que iam dar apoio ao capitão Átila Barbados, responsável pela chacina de Carandiru. O capitão estava preso por ordem direta do Governador. Como os mendigos estavam sendo assaltados nas praças, em pleno sono, encaminhavam-se às centenas para pedir a liberdade do capitão que comandou o massacre de cento e onze inúteis.

Passado o incidente, tudo se acalmou. Eu me sentia muito feliz por ver a população interessada em arte. E a exposição para os jornalistas foi a primeira. Era em forma de cinema, com um apresentador elegante comentando todas as cenas.

A primeira imagem do telão era um filme velho, de 1914.

– Observem esse rapaz. Está feliz em casa, com os pais. É um jovem francês comum. Tem vinte anos. Acabou de pedir a bênção aos pais. Beijou o crucifixo. Está lendo a carta de Paulo aos Coríntios.

Eu ainda não entendia que estilo de cinema era aquele. A imagem arranhada, carcomida. Talvez a deterioração fizesse parte da estética.

– Agora está vestindo a roupa de trabalho. É um rapaz trabalhador e honesto. Ama profundamente a noiva. Espera conseguir emprego melhor.

Olhem o trabalho dele. Fabrica material tóxico a ser derramado sobre as cidades. Vejam os aviões, a poeira mortal, populações com bolhas e cegueiras. Da fábrica o rapaz sairá para a igreja. Vai se confessar ao padre. Não pode passar de hoje. Já não agüenta mais o remorso. Ele estava muito carente. Traiu a noiva num prostíbulo de Paris e já não suporta esconder esse crime. O padre o perdoará. Quando ele sai da igreja, começa o bombardeio sobre Paris. Ele não entende por quê.

O apresentador trocou o filme.

– Este aí é um executivo americano de Wall Street. Um rapaz bem-sucedido nas aplicações financeiras. É quinta-feira. Está com a esposa e a filha de dois anos no último andar de um prédio, seu escritório. A menina não pára de mexer nas coisas. Tem os olhinhos azuis e aquele jeito americano tradicional do norte. A menina mexe em tudo, não quer saber de disciplina. Apesar de severo, o pai não se irrita. Está fazendo a maior aplicação da sua carreira de negócios. Vejam os lábios sorridentes, o abraço na esposa, a caretinha para a filha. Acabou de fazer a aplicação volumosa. Foi lavar as mãos no banheiro. Lavou o rosto, voltou mais alegre e descontraído. Liga o rádio e ouve que a Alemanha está produzindo tudo só para pagar as contas da guerra. Maior parte da riqueza alemã vai parar nos bolsos de Wall Street. Esse jovem é dono de um dos bancos. Não tem nada com política nem com guerra. Beija a esposa, que tem um crucifixo entre os seios. Ele se excita. É o dia mais feliz de sua vida. A menina desliga o rádio. Ele faz amor com a mulher na frente da filha, que fica rindo inocentemente. Se amam, se adoram, vão ao banheiro, se lavam. Nunca estiveram tão tranqüilos em todo o casamento. Nunca o banco e suas empresas funcionaram tão bem. Mas, de repente, ouve zoadas espantosas lá de baixo. Tem gente se atirando dos prédios. Devem ser os mal-sucedidos, os incompetentes, que não sabem lucrar com a guerra... de aplicações. Mas aumenta o número de suicidas. Policiais cercam a Bolsa de Valores. E ele se recolhe, em seu escritório, com a esposa e a filha, em cujos olhinhos vê duas moedas flutuantes. Desliga a luz, não quer ligar o rádio. Mais corpos flutuam das janelas para as calçadas. Ele não quer saber de notícias. Por enquanto, se ausenta do mundo com dois amores e acabam flutuando.

Foi trocado o filme. Até ali tudo parecia insulto. Onde diabo estava a exposição de arte?

– Vejam essa elegante alemã. Está saindo de casa para o trabalho. Finalmente arrumou um emprego, em 1933. Passou fome, mas não corrompeu seus valores cristãos. Chegou a combinar com o marido sua prostituição, tal era o desespero de Weimar. Mas resistiu, desistiu, arrependeu-se, choraram os dois abraçados. Isso os fez reforçar o apego à religião e aos princípios morais. E quer agora realizar o maior sonho de sua vida: ter um filho. O desemprego, antes, não permitia. Mas o marido agora é militar e ela agradece a Deus por ser chefa de um campo de concentração. Está grávida de três meses e ganhou dois prêmios diretamente de Goebbels. O primeiro, por estar há sete anos no trabalho sem atrasar um minuto; o segundo, por dar perpetuação à espécie superior do planeta. Foi escolhida para ser filmada pelo Ministério da Propaganda e ficou conhecida em todo o país. Vejam como alisa a barriga na propaganda. No trabalho, lava as mãos a cada surra que dá em mulheres judias. Uma delas, grávida de seis meses, teve que abortar em público. Vejam o filme que a chefa mandou fazer sobre o nascimento precoce de uma raça inferior. A judia não é eliminada. O feto é pendurado numa estaca, dissecado pelo mesmo sol de Gólgota, depois atirado aos cães. Aí sobrevém a desgraça da chefa. Foi repreendida por seu superior por não ter guardado o feto para as pesquisas de Mengele. Vejam como ela chega em casa chorando por causa da repreensão. É a primeira vez que erra no seu trabalho. Não dorme direito, arrasada na consciência. Está pensando como matar os cães para tirar de dentro deles o feto. Mas matar os cães é crime contra a raça superior. Então vai abrir a judia para ver se tem algum gêmeo dentro. É a solução final para sua consciência.

Houve trocas de olhares entre os jornalistas. Havíamos lido sobre repúdios à exposição no mundo inteiro. Mas tínhamos assinado um compromisso. Sujamos as mãos, como Sartre.

O apresentador continuou:

– Estas crianças russas são promessa de um novo mundo. Vejam como elas sorriem, brincam, correm. Têm tudo na vida: alimento, lazer, educação, casa, paz. Só não têm pais. Foram apropriadas pelo Estado. Estão sendo treinadas para devorarem anticomunistas, reais ou imaginários. Vejam agora. Chega o seu instrutor. Elas o abraçam, como cachorrinhos que reencontram o dono. Ficam mais felizes ainda com a janta prometida pelo instrutor. A janta entra, elas cerram os dentes. Transformam-se ferozmente em segundos. Em segundos, esmigalham a janta: três ex-burgueses acusados de contra-revolução. Vejam como eles ficam sob mordidas coletivas. As entranhas deles são coletivizadas e repartidas igualitariamente. Eles gritam no chão, acorrentados, mas já não gritam. Os ossos são também socializados. Depois, o instrutor as leva para o banho. São lavadas, perfumadas e ganham um chocolate. É a sobremesa. Quando abrem o chocolate, o invólucro interno tem o retrato do pai delas. Elas beijam o pai, de fardão e bigode grosso. Antes de dormir, rezam para ele, que não dorme no Palácio de Inverno.

Outro filme:

– Aí vocês vêem jovens cientistas americanos. Acabaram de defender tese de doutorado. Juram respeitar a ética na ciência, a serviço do bem-estar da humanidade. Um deles vai para casa eufórico. Abraça a esposa por um longo tempo. Recebe uma carta. É um convite para trabalhar num projeto secreto. Salário irresistível. Outro abraço na esposa. Agora vão poder ter casa própria, ter filho, solidificar o amor e as raízes. Foi aprovado com distinção na Universidade e já está bem empregado. Tem um futuro promissor. Ergue as mãos para o céu, agradece a Deus e ao governo. No dia seguinte, está no Projeto Manhattan. Sua função é apertar parafusos. Fica indignado. Mas o trabalho é tão secreto, que só lhe cabe apertar parafusos. Fica preso numa saleta, onde passam, em série, estranhos tubos. Ele se sente rebaixado a operário, só apertando parafusos. Não foi para isso que se formou em física. Mas o salário é assustador, as regalias, os benefícios. E tem a família e o futuro nas mãos. Começa a apertar parafusos e mais parafusos. Os tubos não param. E mais parafusos. Não pode errar um único parafuso. Lembra-se do filho que vai ter, parafuso. Tira do bolso um retrato da mãe, beija, parafuso. São parafusos qualificados, em intervalos calculados. Ele não sabe para que serve seu trabalho, mas parafuso. Como operário qualificado, não convém perguntar a origem e o fim dos parafusos. Apenas os tubos passam por ele, são medidos em computador, testados em seu equilíbrio, e ele apenas os aperta. Nunca pôde passar de uma sala à outra. Não conheceu ninguém nos últimos dois anos. Sai todo dia de casa, abraça a esposa, abraça os parafusos. Tem um senha para entrar em sua saleta. Liga os aparelhos, que olham para ele com olhos de parafuso. Ouviu falar que um amigo dele da Universidade também foi escolhido e está muito feliz. Mas nunca viu este amigo por lá. Tem vontade de parar um daqueles tubos para ver o que é. Mas está todo envolvido em roupas especiais, por exigência dos parafusos. Um erro mínimo pode desencadear catástrofe. Todos os parafusos têm que ser apertados até o sinal do computador. Em seguida, os tubos seguem em sua marcha soberana. E novos parafusos vêm assumir o trono. Vejam que ele acaba o expediente porque os parafusos querem. Ao sair, não há mais um único parafuso olhando para ele. Está livre, entra em seu carro, é revistado minuciosamente antes de se exilar do reino dos parafusos.

O apresentador desfaz o suspense:

– Olhem o cientista chegando em casa. Pega as mãos da esposa, beija. Ela está com a Bíblia na mão por causa de acontecimentos terríveis. Uma cidade japonesa foi reduzida a uma planilha de pedras. Estima-se que cem mil japoneses derreteram na hora. Ela pergunta se a guerra não vai acabar. Ele tira um cálice de vinho da geladeira. Bebe. Não tem nada a ver com a guerra. E guerra é guerra. E está trabalhando para o futuro de sua família. Esta é a missão que Deus lhe deu. Os Estados Unidos só querem abreviar o conflito. Por isso, derramam outra bomba, três dias depois, em outra cidade. Nesses três últimos dias de parafusos, o mundo parou e os tubos continuaram passando pela saleta . Ele se benze, aperta mais um. Seu trabalho é absolutamente inofensivo. Olha para as mãos, estão intactas e limpas. Mas não pode olhar muito para as mãos. Lá vem outro parafuso.

Troca de filme.

– Vocês vêem mulheres chinesas num grande almoço. São o centro das atenções da Nova China. Estão sendo homenageadas pelos serviços prestados à pátria e à paz. Todas elas têm um filho. Alguns maridos morreram em conflitos durante a Revolução. Mas o almoço é para comemorar a falta de desemprego em seu país. Enquanto o ocidente padece, a China se ergue com a solução dos problemas básicos. O país sofreu muitas ameaças externas. E agora quer ver quem dobra um bilhão de chineses unidos. E esse almoço é para perpetuar essa memória heróica. Em vários pontos do país o evento se repete. Não há um único desempregado na China. As mulheres cantam, abraçam os filhos, dão vivas ao governo. Milhões de bolinhas de festa preenchem o céu, milhões choram. É uma manifestação nacional. Pela primeira vez, desde os Ming, não há fome na China, nem discriminação contra a mulher. Por isso elas se abraçam aos milhões. Na manhã seguinte, encontram-se novamente, aos milhões, nas fábricas de armas. A rádio do governo anuncia guerras na África. Elas não têm nada com isso. Só pensam nos filhos e nas armas.

Troca de filme. Um jovem de dezoito anos. Guitarrista. Num show. – É um garoto. Ama os Beatles e os Rolling Stones. Não é tão belo, vejam. Mas as garotas se derramam por ele. O orgulho de sua vida é um autógrafo de John Lennon. Recita versos, pede paz e amor, confraternização entre os povos. É aplaudido por milhares de mãos com dois dedos para cima. Em casa, recebe uma carta. Já está descendo no Vietnã. Para encontrar paz e amor, tem que aniquilar todos os comunistas. Idosos de aldeias, crianças, aleijados, esses são os mais perigosos. Vejam o que está fazendo o soldado. Enfiando arame farpado em vaginas de vietnamitas que não querem entregar os maridos. Ordena assassinato em massa. Enfia pessoalmente uma metralhadora no ventre de uma camponesa. A camponesa não compreende e nem dá tempo. Também não dá tempo para o soldado. Acaba de cair numa emboscada dos vietnamitas. É preso. Pede a Deus para se lembrar dele. Ele estava a serviço da civilização. E Deus o abandonou aos selvagens. É arrastado para um campo de prisioneiros. E começa a chorar, vendo os filmes que os vietcongs exibem para ele. Mulheres sendo obrigadas a tomar sopa de vidro. Crianças correndo incendiadas. Olhos apertados sangrando de napalm. Cabeças arrancadas e penduradas em bambus. Ele continua chorando, é um cristão. Não tinha consciência do que estava fazendo em país distante. O líder vietcong garante que ele não vai ser morto. Ele se consola, se ajoelha, beija a mão do inimigo. E começam os primeiros retalhos. Cortam-lhe as duas orelhas, ele chora de horror. Os outros americanos se horrorizam em massa. Nunca viram tamanha barbaridade em sua terra. Os vietcongs não vão matá-lo, apenas cortá-lo. As orelhas estão no chão, as mãos nos ouvidos sangrando. Os colegas dele recuam. O vietcong garante que não vai matar ninguém. Em seguida, dão uma guitarra para o ídolo. Ele é obrigado a tocar com as mãos em sangue. Os ouvidos não suportam ruídos vindos de toda parte. Os outros solados são obrigados a ficar nus. É apenas uma medida de segurança. É passado para eles novo filme. Uma aldeia inteira nua, obrigada a se prostituir, filhos com mães velhas, velhos com filhinhas. As gargalhadas das tropas americanas, no filme feito por eles mesmos, não despertam um único riso nos vietcongs. E os vietcongs não riem nem quando obrigam o mesmo aos americanos. Os americanos começam a brigar entre si, para ver quem vai estuprar quem. Os mais fracos caem no chão e são atravessados nas nádegas pelos membros dos amigos. O soldado sem orelhas intensifica o choro. Agora vai ter que estuprar, com a guitarra, todos os colegas vitoriosos, abatidos no chão. Por fim, depois do show, só ele escapa da morte. É colocado num carro, hospitalizado, libertado. De volta ao país da liberdade, é transformado em símbolo de heroísmo por Washington. Mas onde ele passa ouve nos ouvidos sem orelhas: "Assassino". Anda duas esquinas, assassino. Anda um paralelepípedo, assassino. É abortado pelo puritanismo. Não se integra, entrega-se às drogas. Agora ele está passando em frente de uma sorveteria. Sempre com as mãos nos ouvidos, pois não agüenta a massa de sons que os ventos trazem da América: "Assassino". Entra na sorveteria, pede um sorvete de ameixa com flocos. Começa a ser paquerado por mil garotas. Mas logo lembram que ele é assassino. Quando vai sair da sorveteria, um menino fardado de soldado diz: "Mãinha, eu queria ir para a guerra". O ex-soldado chora pelo que vai fazer pelo menino. Achata a cabeça dele com pisadas. Uma onda de horror percorre a sorveteria: Assassino! Ele tira as mãos dos ouvidos, põe as mãos dentro do peito, tira do coração uma metralhadora. E extermina a todos, coalhando o chão de sangue e sorvete. Quando a polícia chega, ele não se lembra de nada. Tinha visto uns vietcongs passar por ali e atirou neles. Foi só para defender as coisas lindas da América. Quando o policial se aproxima, ele se abraça com ele, vibra, comemora. Acha que vai ser premiado.

Trocou de filme.

– Vejam agora esse aniversário. É um palácio. Centenas de crianças esperam o corte do bolo. Observem que só há crianças negras e orientais. Historicamente, são raças oprimidas pela expansão européia. Deveria haver índios aí, mas não há. Todos os negros são filhos de um homem só – duzentos e dois filhos. Todos os amarelos são filhos de um homem só – cinqüenta e sete filhos. Seus pais estão em reunião. O bolo é partido – olhem o tamanho do bolo. As crianças se lambuzam de tanto confeito, todos se satisfazem. Agora a câmera entra na reunião. Idi Amim Dada e Pol Pot trocam palavras amigáveis. A sala está guardada de soldados, vejam. Porque também é uma sala de tortura. Pol Pot está apenas retribuindo visita já feita por Idi Amim. Ouçam o diálogo:

AMIN: Já matei duzentos e cinqüenta mil inimigos.
POT: Só duzentos e cinqüenta mil? É preciso democratizar mais o genocídio. Estou decepcionado com sua tolerância.
AMIN: Mas você nunca estrangulou alguma esposa sua, estrangulou?
POT: Claro que não. Mulher é obra-prima de Deus. Só mato velhas. Uma delas, um dia, me pediu misericórdia. Mandei só cortar os peitos, para ela ficar em forma.
AMIN: Mandar, mandar. Eu falo de matar pessoalmente. Sonhei um dia que minha mulher me traía, acordei num pesadelo. A cínica dormia em paz, como se nada tivesse acontecido. Nem dei tempo dela acordar.
POT: Seu defeito é agir pelo momento e não guardar rastro dos inimigos. Eu coleciono o crânio de todos eles. Dois milhões e meio.
AMIN: Por falar nisso, vamos lanchar.

    Vejam. O ditador manda entrar o lanche: um preso político. Está acorrentado. É sentado numa cadeira e totalmente amarrado. É imobilizado por completo. Mas está vivo e vai enfrentar uma serradeira elétrica. O serrador é instruído a abrir a cabeça do preso sem afetar seu cérebro. O sangue está espirrando, vejam. Não é uma tortura, pois o condenado já morreu instantaneamente. É uma cena comum que precede café, almoço e janta de Idi Amim. Por isso que Pol Pot não se impressiona. Entra uma mulher negra – vigésima terceira esposa oficial de Amim – com uma bandeja de colherinhas e pequenas taças. A serradeira já foi passada na parte superior da cabeça, observem. A parte serrada é tirada, como se fosse uma cobertura de queijo do reino. O cérebro, intacto, ainda lateja. Eles vão comer o cérebro como se fosse pudim. Mas não de uma forma selvagem, pois Amim é um homem profundamente religioso. Ele acredita que deve rezar antes de toda refeição. Pol Pot espera o fim da concentração para dar a primeira colherada no cérebro. É o direito do convidado. Já serviu comida semelhante a Amim no oriente. Espera ser mais criativo da próxima vez. Esse campeonato de gostos, entre eles, já dura cinco anos. Com um detalhe: vejam que ninguém os serve. Eles são contra a exploração, para não repetirem o que os brancos fizeram com seus ancestrais. Por isso optam pelo sistema *self service*. Mais uma colherada e o fundo do prato-cabeça estará raspado. Em seguida vão lavar as mãos. E os soldados apenas contemplam.

Troca de filme.

– Vejam agora essa fita de 78. Poderíamos mostrar as entranhas do Chile e da Argentina sendo arrancadas. Mas preferimos o discurso do Papa. É mais aliviante. Este é João Paulo I no dia de sua posse, o dia mais feliz de sua vida. E o mais infeliz. Está dizendo que vai adotar a pobreza franciscana e distribuir as riquezas do Vaticano com os países pobres. Observem como o povo vibra na Praça de São Pedro. Mas perto do Papa há pouca vibração. Ou quase nenhuma. Com trinta e três dias, morre. Foi a mão suja de Deus que o matou. Ninguém fez autópsia no santo. Quem é a medicina perante os mistérios de Deus? Quem é a ciência para penetrar na intimidade do embaixador de Cristo na Terra? Ele morreu naturalmente e não há lógica que explique o natural.

O último filme.

– Agora, finalmente, o Brasil. Três homens queimados vivos no interior do país. Eles tinham entrado numa fazenda para seqüestrar o dono. Com a chegada da polícia, prometeram se entregar na presença do juiz. Foram traídos. A população os chacinou. A própria televisão só mostrou a cena uma vez, e em parte. Nós, da Anistia Internacional, conseguimos a fita. E estamos pedindo esclarecimentos sobre a queima e a omissão da sociedade civil.

Desligou o projetor e agradeceu a presença dos jornalistas. Então começamos a ouvir barulhos vindos lá de baixo. Deviam ser distúrbios na fila do Ibirapuera. Mas não eram. Quando saímos, vimos a cena espetacular: a marcha de mendigos vindos da prisão de Carandiru, onde estava preso o comandante Barbados. Eles traziam o comandante nos braços, triunfalmente. Muitos deles eram rapazes de seus vinte e cinco anos, perturbados à noite pelos ladrões e assassinos. Eram mendigóides subdesnutridos, subominídeos, subsapiens, subgente, subontologia estranha à classificação da natureza. Eram pedintes jovens, envelhecidos de repente pelos pedidos sem retorno. Miniaturas de monstros impotentes, como se tivessem sido arrotados da garganta do Inferno. Pareciam ter sofrido apocalipses em série e já nem mais ligavam para os prenúncios de desgraça maior. Formavam o eterno retorno da exclusão, o paraíso da subjugação nas mãos e nos rostos ossados. Dezenas de rugas precoces, progéria coletiva, imprimiam-se flexivelmente em seus ex-rostos, cravados de dentes putre-fatos, putre-direitos, migalhas de ex-dentes pedindo socorro nos breves sorrisos. Mas vibravam com a nova esperança: o capitão Barbados. Era o futuro deles. Estavam cansados de viver na sala de espera das promessas. Viviam em imundas ante-salas do Paraíso, para citar Euclides da Cunha. Estavam condenados à civilização e a civilização estava condenada a eles. Eram uma bomba periférica explodindo sobre a cidade. Mas não eram excluídos da história. Eram perfeitamente engajados ao sistema. Eram subdesempregados, reservas de miseráveis essenciais ao descontentamento dos desempregados. Se um desempregado se revoltava, corria o risco de perder o desemprego e ficar pior. Então se contentava e ia farejando os restos mortais dos dias. Mas aqueles ali, em frente ao esplendor dos Jardins do Ibirapuera, formavam a maior catástrofe ecológica já vista em São Paulo. Um crime contra a natureza jamais registrado, sem repercussão nos movimentos. Pareciam sobreviventes de uma catástrofe nuclear parcial, sofrendo agora mutações delicadamente monstruosas. Quasimoldados, refletiam no aspecto a fealdade atípica dos fracos. Escreviam nas ruas uma bíblia de bestas apocalípticas feridentas, padronizadas pela carência, como se fossem produzidos industrialmente por uma tecnologia da deformação e do extremo atraso. Mas andavam em ordem e progresso para não atrapalharem o desenvolvimento da marcha histórica. Dava para ver que queriam chocar. Exibir a São Paulo do ano 2000, os embriões atrofiados do século vinte e um, cemitérios ambulantes, jazigos vivos que iam empestar e emprestar inquietude aos tempos vindouros. Um futuro mágico, lírico, toda uma poética do nojo ia dar trabalho aos esteticistas. Ali estava a metalinguagem dos viadutos, dicionários de sub-rimas que não se encaixavam no ritmo da metrópole. Ou se encaixavam? Exibiam na passeata seu poder de reivindicação contra os bandidos. Barbados era o salvador, o pai, a encarnação da boa nova. E eles eram filhos mendígios que cedo ou tarde retornariam aos currais. Realçavam nas ruas sua hegemonia, seu perigo, sua consciência de des-classe, seu manifesto, sua crônica de uma morte anunciada.

Quando o Governador chegou para premiar a exposição da Anistia Internacional, viu que tinha muito mais a fazer. Os mendigos ameaçavam matar quem se encostasse em Barbados. Barbados era o legítimo governador deles. Então o Governador dos outros, para não ficar desmoralizado, levou preso o expositor. O povo em massa aplaudiu, principalmente quem não tinha visto a exposição. Havia agitadores chamando o expositor de "anticristo", "corruptor de jovens", "máquina de guerra", "coveiro do ocidente". O Governador acatou a decisão da maioria e lavou as mãos numa das piscinas do Ibirapuera. Barbados estava livre e o expositor ia ser crucificado pela Interpol. Corri para dizer ao Governador que ele estava errado, apesar dos insultos da exposição. Mas ele entrou no carro oficial e só tive tempo de ouvi-lo dizer para si mesmo:

– Zé Povinho não aprende mesmo, hem?

E concluir, dando ordem de partida ao motorista:

– O homem é uma paixão inútil.

O X E O ARCO

1. Só uma inteligência divina para fazer o que ele fez. O que ele não fez. O gol mais espetacular de todos os séculos. O não gol. O desgol, o antigol, o gol-quase. Tostão lança a bola, o goleiro do Uruguai se enfia no pé dele, ele passa pela bola, faz a volta, chuta, erra. Acerta. Para qualquer lógica, acerta. O não, mas sim. Palavras mendigas não descrevem o absoluto. As câmeras, que dispensam palavras, que são uma linguagem total, se paralisam. As torcidas, em redor do mundo, apenas abrem a boca. Uma minúscula interjeição não se articula. A admiração não ganha corpo em palavra. O verbo não vira carne, porque a jogada foi Incriada. Alfa e Ômega concentraram-se ali. Deus abriu leve fenda no céu, envergonhou-se. Novo espírito criador fugia de seu controle. A criatura se emancipava. Mas Deus perdeu o orgulho, desceu, beijou-lhe os pés negros, de ex-escravos, humilhou-se no gramado de Guadalajara. Eu estava lá.

2. Em minhas entranhas começou a latejar o feto da desgraça. Eu sabia que ia terminar matando minha mulher. Ela me subjugava, me ofendia com argumentos filosóficos. Nunca compreendeu meu projeto de fazer o gol perdido. Superar o próprio triunfo. Lutei anos para me aperfeiçoar fisicamente. Fiquei tão obcecado pela jogada, tão apaixonado, tão entranhado nela, que, sinceramente, não queria mais nada com Alcmena. A jogada me supria tudo. A imagem estética do século vinte ficou coalhada ali. Para que lutar por mais algo? Para que continuar com os lucros abusivos na empresa? Fui relaxando. Ou eu matava a jogada ou a jogada me matava de vez. Utopia e ruína convergiram para mim. Eu tinha que fazer aquele gol. Era uma questão de honra para uns pés saídos de senzalas, de navios negreiros, de séculos subjugados. Dia a dia o monstro crescia no ventre de minha mente. A empresa foi tendo prejuízos crescentes. Alcmena trazendo um professor particular de filosofia para dentro de casa. Minha fama difamada crescendo. E a jogada, a passagem, a transição, ah a

transição! A obsessão tornou-se irresistível. Eu tinha que fazer aquele gol. Recuperar o Éden perdido de todos os esportes. Nem que descesse ao décimo círculo do Inferno, sob os calcanhares de Judas. Traição. O arco de Alcmena. Eu não tinha mais Alcmena, mas também não tinha mulher alguma. Nem paixão. Nem espera. Tudo, para mim, parou ali, em Guadalajara. Alcmena estava comigo e não guardou a menor lembrança. Prosperamos na empresa de arcos, fornecemos material a muitas academias, chegamos a exportar. Mas não podia ver um moleque preto jogando bola em rua. Foi assim que tudo começou e me consumiu. Antes e depois de Guadalajara. Eu tinha que fazer aquele gol.

3. Sempre fui um negro qualificado. Meu pai tinha umas posses e colocou seu filho único nos melhores colégios de João Pessoa. Tive professor particular de piano, filosofia, línguas estrangeiras. Me afinei com a elite cultural da cidade, sem, entretanto, nunca ter paixão significativa por nada. Alcmena foi o primeiro arrebatamento de minha vida. Ela me amava de todo e disse um dia que só se daria a outro homem se não tivesse mais minha atenção. Eu não queria nunca me deslaçar daquela criatura lautrequiana. Ela era um quadro da Belle Époque, uma dançarina daqueles salões reservados onde até Deus é revistado para entrar. Sempre adorei moderação, sutileza, estética, delicadeza. Formei-me em administração para dirigir com rigor científico a empresa de arcos. Alcmena tornou-se minha sócia, pois era também muito autônoma. Conhecemos, numa viagem a Montevidéu, no início de 70, uns empresários uruguaios interessados em investimentos no Brasil, especialmente em regiões atrasadas. Apresentamos a eles uma capital que começava a crescer, João Pessoa, devido ao turismo. Em João Pessoa, acrescentei, só quem não cresce são os poetas Neovetustos, que só trabalham a metalinguagem. E eu não sabia que, em breve, eu ia ter uma idéia fixa também.

4. Deus te livre, leitor, de uma idéia flexível.

5. Tostão lança a bola com retidão milimétrica. O goleiro do Uruguai se adianta com convicção absoluta. Mas o mais convicto, invicto e absoluto ainda vem. As câmeras do mundo estão apenas se preparando para apalpar o encanto. Pela primeira vez, Deus se tornou quantificável. Ele vem com astúcia, despreza a bola, passa direto, desloca o goleiro, no meio, vítima do cruzamento mais sublime já sonhado pela arte e a física. Depois, por trás, a volta para reencontrar a bola. Cruzamento, desvio e reencontro eliminam, em conjunto, as

diferenças geométricas. O necessário e o possível se equivalem. Equivalem-se o tópico e o utópico. As formas da natureza são subjugadas e contornadas por pés negros. Súbito, o lance ofuscou todas as imagens registradas na sétima arte. Uma arte nova, oitava, nona, não sei bem, impôs-se instantânea às artes conhecidas. E com uma beleza extraordinária no século mais feio do homem. Num átimo, o século sem trágico, sem tétrico, sem pútrido, sem o estúpido do bélico e do atômico. E só o nítido tráfego do onírico e do poético, em clímax orgástico. E o invólucro do fantástico cobrindo-nos. Esperávamos o próximo e último espetáculo, o ápice do artístico, o âmago do mítico e do estético, o êxtase múltiplo do lúdico, que falhou... E o gol mais belo de todos os futuros passou à margem da trave. Eu estava lá. E a beleza que encarcero na memória não tem efeito especial de tv ou cinema. Eu vi o inadmissível pessoalmente. Tenho razão ou não para concluir o absoluto?

6. Em 70 eu era um negro de vinte e cinco anos, próspero em tudo, inclusive no casamento. Sei que Alcmena me amou até 90, quando a jogada desadormeceu de minha mente e começou a me domesticar. Foi por aí que ela conheceu Zeus, como o chamava. Talvez quisesse me fazer ciúme com seu mestre de filosofia. Mas toda minha formação anterior estava arruinada. Eu só tinha agora um valor e um objetivo: fazer o gol, com o mesmo drible. Treinei pelo menos cinco anos. Edu arranjou uns feras de Jaguaribe, Torre e Miramar para o meu time. Alguns eram da favela de Santo Estevam, às margens do Rio dos Macacos. E jogavam muito bem. Já a empresa, que já era a maior do Nordeste em arcos, deixei na prática com Alcmena. Embora eu ainda assinasse papéis, ela dirigisse os lucros como quisesse. Eu só pedia dinheiro a ela quando era para os treinos, aos sábados, ali no Cabo Branco. Vinha chegando o dia da grande jogada. Enchi os jornais locais de propagandas, sem dizer exatamente a forma do gol que ia fazer. Edu ia lançar a bola e eu tinha que ser talentoso para passar por ela e enganar o goleiro. Já tinha feito um pequeno contrato com a TV Cabo Branco para o evento que ia derrubar os muros da província.

7. A vida, às vezes, fermenta paixões que afiam o gume da morte. Nunca subestime sentimentos intensos, que nascem de cânceres impalpáveis da alma. Quem leu os depoimentos do Professor Daniel Bendito? Coitado, morava tão bem, perto de mim, lá no Cabo Branco. Está nas grades injustamente, como eu. Nunca esqueci um trecho de suas confissões:

"No século mais desencantado da história, o olhar humano só pode contemplar três obras-primas: a) qualquer filme de Charlie Chaplin; b) qualquer quadro de Salvador Dali; c) e o drible de Pelé no goleiro do Uruguai, em 70. Três gênios absolutos povoavam nossos dias, visitavam nossos fins de semana. Helô seria a quarta obra-prima do século".

Com a primeira arte só concordei parcialmente. Chaplin tem uns filmes falados muito chatos. Da segunda discordei totalmente. Salvador Dali é um extravagante e um estúpido. Sempre detestei aquele franco-hitlerista dalicêntrico, que jamais teve a fineza de um Toulouse-Lautrec, de um Renoir. Mas a terceira... Ah! Então eu não era nada de louco. Se o Professor amava a esposa e a pimpolhinha no ventre como eu amava a grande jogada, teve reservas de razão para fazer o que fez. Qualquer juiz que amasse o que eu amo, e que o Professor tanto amou, desprezaria essa mediação medíocre chamada júri. Desprezaria a própria lei, já que convenção não entende de amor. E estrangularia pessoalmente o advogado de acusação.

8. O jeito era comprar Suvaco de Puta. Ele não queria ceder de jeito nenhum. Prometi emprego a ele na empresa. Dei uma graninha a mais. Mas ele tinha orgulho de ser o melhor goleiro do Cabo Branco. De origem humilde, gozava agora a ilusão da fama. Ora, era só uma jogada, combinamos tudo. Meu time ia jogar contra o Cabo Branco, já estava tudo na imprensa, a bola seria lançada por Edu, os dois zagueiros, Macarrão e Bigode, concordaram em abrir. Por que só Suvaco insistia em não? Eu estava em casa suando de preocupação, quando Edu chegou com a boa nova:

– Ele aceitou. Mas tem cuidado, que tem negro por trás querendo estragar a festa. O resto não é problema. Mesmo que o Cabo Branco goleie a gente, o importante é a sua jogada, não é?

Quando eu ia responder, um urro primitivo partiu do quarto mais luxuoso da casa. Edu ficou desconfiado, deve ter deduzido por conta própria.

9. Sala de reunião. Último andar do prédio. Começou uma chuvinha branda. Um arco-íris rasgava o céu podre de São Paulo. Eu estava na janela. Alcmena fez sinal para eu abrir a sessão dos escaveirados de paletó.

Sentei.

– Está aberta a sessão. Mas quero adiantar que estou exausto. Não agüento mais essa vida de lucros e papéis. Não tenho nada contra a propaganda, o mercado, o dinheiro. Afinal, me criei nisso. Mas estou exausto.

Os uruguaios pareciam vibrar com minha decisão:
— Já passei tudo para o nome de Alcmena. Ela faça o que quiser da empresa de arcos. Só quero o mínimo para comer e jogar bola.
Todos se chocaram. Mentira. Estavam querendo que eu abandonasse a direção para a empresa voltar a prosperar. Os uruguaios foram os primeiros hipócritas:
— Mas nós viemos a São Paulo para abrir uma filial promissora. Já mandamos no Nordeste. Por que você não continua?
Procurei ser delicado:
— Olhem a janela. O arco. Não é todo dia que esse arco nos visita. Olhem os papéis: x, x, x. Estatísticas. Todo dia, x. Toda hora, x. Há uma semana estou aqui com Alcmena. Estou hospedado na Paulista, coração de São Paulo. Quando venho para cá, é propaganda por todo lado. Dobro a esquina: Coca-Cola é isso aí. Dou um passo: Nestlé. Levanto a cabeça: Danoninho. Estamos escravizados pela teologia da propaganda. É como se todos os lugares fossem o mesmo. Já deve ter chegado *outdoor* no céu: a propaganda é o novo Deus do mundo.
Me levantei e tirei o paletó:
— Eu quero a diferença. Quero escalar aquele arco-íris com um cavalo do Apocalipse.
E comecei a retalhar de gilete o paletó importado. Fiquei só de cueca. Alcmena quebrou o encanto:
— Ele está com uma idéia fixa há cinco anos.
— Vinte e cinco! Começou em 70, em Guadalajara. Nos últimos cinco anos é que a arte absoluta vem subjugando meu cérebro. Essa escravidão é liberdade pura.
— Ele nem trepa mais.
— Você pensa que está me diminuindo com isso, Alcmena. Trabalho perdido. Suas palavras não são arte. Você não é arte. E eu vou implantar uma vagina em mim, por que não? Quando o próximo *outdoor* chegar ao céu, minha vagina será o esconderijo de Deus, perseguido pela tirania dos homens. Eu quero que Deus se sinta livre entre minhas paredes vaginais. Quero ser uma virgem e no dia dos meus quinze anos quero ser violada por um pescoço de girafa. Quero pegar carona com São Jorge para matar o dragão com os seis prepúcios de Hitler. Quero jogar bola com Yorik, na Dinamarca. Quero dar o cu a King Kong.
Alcmena pediu para a secretária suspender a ata.
— Não! Continue registrando: eu quero lamber a glande de

Mefistófeles. Montar numa baleia e passar o verão entre pingüins. Voar ao céu e confessar a Cristo: "Fica nu, que eu tô doido para chupar a cabeça da tua buceta". Ora, por que São Bartolomeu não tem pele? Por que não posso salvar Desdêmona antes de Emília? Quero ir à Polônia avisar que ela vai ser invadida. Participar da derrubada do Muro de Berlim batendo punheta dupla, para o Kremlin e a Casa Branca. Comer doce de pêssego com recheio de pó de tabaco de velha. Chutar todos os litros de Coca-Cola que encontrar pela frente. Escrever *O Evangelho segundo Pilatos*. A propaganda não é o Evangelho segundo terceiros? Abaixo a teologia da mediocridade! Quero imprimir o oitavo selo do Apocalipse nos Jardins do Inferno. Salvar o menino-macaco, criatura de Deus, antes que Riobaldo e seu grupo o comam. Eu quero chegar antes, evitar, inventar, provocar, deformar. Esse expaletó custou seis mil dólares, não é lindo? Que seja transformado em vestimenta de palhaço ou em pano de chão. Quem autorizou a compra desses computadores?

– Você mesmo.

– Não parecem bolas? Lembram bolas. Imaginem o Tostão aqui para lançar esse bicho para mim.

E saí chutando os micros: dez, todos furados por meus pés. Os uruguaios disseram que eu estava sendo tirano.

– Algum de vocês já leu *As ilusões perdidas*? Lá, no início do século dezenove, tem um personagem que diz assim: "Em dez anos, tudo dependerá da publicidade". Errou, esse fela da puta errou. Tudo, não! Eu quero ser a última exceção. Computador é arte? Não é. Paletó é arte?

Saí quebrando tudo na sala. Era a tônica particular de minha renúncia. A forma de passar para eles a faixa presidencial.

– Deixe de estupidez, Édison! Eu peço desculpas pelo meu marido. Está doente.

– Seu carro novo não tem injeção eletrônica? Está superado.

– Não prejudique a empresa mais do que já prejudicou.

– Está com problema de caspa? A solução é xampu gh12.

– As últimas estatísticas indicam déficit.

– Matricule-se numa escola de tiro ao alvo.

– O nosso objetivo aqui é ampliar o mercado.

– Sempre cabe mais um quando se usa rexona.

– Alcmena, lamentamos o estado de seu marido.

– Nesse calor você merece uma cerveja.

– Interne ele, Alcmena.
– Brahma: a número 1.
Corri até a janela, como se fosse me suicidar. Mas deixei na metade o desejo deles:
– Ainda não é hora. Macunaíma vai passar por aqui no 14-Bis. E vai me levar para roubar e comer a pacuera de Oibê. Mas vocês continuam com dor de cabeça? Tomou doril, a dor sumiu. Ômega: o carro do ano 2000. Por que a reunião não começa? Porque tem coisas que só a Philco faz para você. Acontece que sua vida vai ficar melhor com Cebion. Ainda não comprou seu apartamento? Poupe na Caixa. Quem manda na Caixa é você.
Alcmena me puxou pelo braço violentamente:
– Isso aqui não é brincadeira, Édison! Olhe o último gráfico dos nossos gastos e retornos!
Um gráfico cheio de x e arco, indicando entrada e saída.
– Não adianta, Alcmena. Isso não é arte. Muito menos absoluta. Agora eu provo que há retorno para a Terra dos Meninos Pelados. E que não há gastos até lá. E que eu vou brincar de pega, barra-bandeira e 31 alerta com eles. Vou apostar meu dedo mindinho que a leiteira de Lisboa vem botar hoje aqui o seu pezinho. E que eu posso curar Samba Lelê, que tá com a cabeça quebrada. Vocês querem morrer entupidos de papéis? Pois da laranja eu quero um bago. Da menina mais bonita, um beijo e um abraço. Vou até a feira de Bagdá evitar que Mesrour acorde.
– Está passando de estúpido a imbecil.
– É porque você, Alcmena, não conheceu pessoalmente Dom Quixote. Eu conheci. Ele está me esperando no Nordeste. Assim, você não consegue ser um parafuso enferrujado dos moinhos de vento. Eu vou enfrentar os moinhos com ele, moinhos cobertos de lã. Não é possível que a gente se corte. A Vereda já é conhecida. De 70 para cá, tenho sonhado em fazer de você, dez anos mais nova que eu, a mais bela jogada da minha vida. Nisso aí eu falhei. Mas não vou falhar amanhã.
– Amanhã? – perguntaram os uruguaios.
– Já vou voltar hoje. Alcmena vem se quiser. Amanhã é minha inscrição na eternidade. Eu tenho que fazer o gol perdido.
Os uruguaios ficaram ainda mais confusos.
– Não dá para explicar agora, senhores. Peço perdão por Édison.

– A culpa não vale um tostão, Alcmena, quando não é motivada pela arte. O mundo precisa ser reestetizado. Começou em Guadalajara, em 70; eu quero dar o segundo passo. O ápice da crueldade, hoje, é o senso comum. Ele destrói o poder da imaginação, o êxtase das santas, as máscaras dos palhaços, o milagre da vida, o maior dos. Ele sufoca até os recém-nascidos. Temos que recuperar o melhor da imaginação dos antigos contra o Mal Absoluto que os cuspes dos dromedários e as mãos sujas do poder estão disseminando nas cabeças. Vocês querem continuar com os papéis cheios de x?

Apontei a janela:

– Eu prefiro o arco.

Aí um uruguaio escandalizou-se:

– E por que o senhor não se joga da janela?

A resposta foi simples:

– Porque sua sugestão não é arte. Formule-a com palavras poéticas e eu repensarei.

10. Finalmente, o grande sábado. O estádio do Cabo Branco lotado. Três televisões. Vários repórteres me perguntando como eu me achava naquele momento. O Cabo Branco entrou em campo. Foguetes. Gritos das torcidas. Suvaco de Puta confirmou tudo com um piscado. Meu time era eu, Cu Bichado (o goleiro), Teita Coração de Plástico e mais três negros na defesa: Branca de Neve, Xampu e Pano Branco. No centro, três toras: Inchado, Catinguinha e Tripé. Nas laterais, Edu e Toinho Jenipapo. Na reserva, seis tocos pra qualquer urgência: Ricardo Pé de Anjo, Caveirinha, Vassoura, Butico, Quarenta e um aleijado de quatro pés: Tudo em Ordem.

O jogo começou eu me sentindo dois, três, mas não peguei direito na bola. O Cabo Branco enfiou um a zero em Cu Bichado. Bato o centro, pego na bola, passo para Jenipapo, que dribla Pé na Cova e leva uma porrada de Juninho Brigão. Fim do primeiro tempo e caralho nenhum à vista.

Eu já estava começando a temer a reação da imprensa. Mas os dois zagueiros centrais do Cabo Branco abriram quando Edu pegou na bola. Suvaco balançou a cabeça. Era a glória com as asas celestiais. Edu lança a bola em diagonal, Suvaco vem no meu pé, desprezo a bola, dou uma volta por trás dele. O estádio vem ao delírio. No entanto, quando vou ao reencontro da bola para o mais lindo dos gols, o gol dos gols, o gol dos gols dos gols, Suvaco de Puta me deu uma rasteira por trás. Caí na grama carcomida e me arranhei todinho, inclusive na cara. O estádio vaiou em peso. Cobrando a falta, já sentia que Suvaco tinha aberto o jogo com alguém. E descolado mais grana do outro lado. Filho da Puta! O Cabo Branco enfiou dois a zero e o juiz apitou. Corri pra casa como que fugindo de tanta humilhação que me comprimia. Mas eu ia apenas pegar um facão ou um revólver para fechar Suvaco de Puta.

Cheguei em casa e ouvi sussurros. Só podia ser Alcmena com o professor na cama. Ele sempre vinha com um arco nas costas, uma flecha de ponta vermelha na mão. Me aproximei e ouvi: "Vem, Zeus, me fulmina".

Comecei a chorar baixinho, como menino sem razão. Não era pela traição, que nem traição era. Era pela perversão do goleiro, essa, sim, traição. O choro foi se avolumando, como de menino que perde o mais esperado dos presentes. Como é que fui confiar em Suvaco? Me afastei, fui chorar em meu quarto, para não atrapalhar Alcmena. Que ela fizesse amor à vontade, curtisse seus pobres desejos. Ela não merecia ser interrompida, ainda que sua realização no mundo fosse tão medíocre. Mas de quem eu podia falar? Perdi o gol, fui derrubado, vaiado, imbecilizado em massa. Os deuses abriram um fenda no céu para gargalharem de minha pequenez. As câmeras paralisaram minha imagem patética. Alcmena não tinha culpa de nada. Que amasse muito.

Entretanto, quando Zeus foi embora, Alcmena voltou a me humilhar. Despejou palavras podres sobre mim, como se o Olimpo da baixeza arriasse sobre meu espírito. Disse que eu era escravo de uma obsessão, escravo de uma imagem, escravo de uma idéia fixa. Que minha cabeça tinha virado um quilombo de escravos impotentes, algemados, acorrentados, engradeados. Que princesa Isabel nenhuma teria misericórdia de minha ruína. Que, que, que. Até aí não me senti muito ofendido, tão acostumado e tão alheio que vivia à retórica de Alcmena. Mas ela cometeu um grave equívoco. Falou mal dele, isto é, da grande jogada. Que era imbecilidade total querer imitar um negro que colaborou com a ditadura. A ditadura? Que se dane a ditadura, mas não fale mal do drible. Me deixe, Alcmena, corra atrás de Zeus. Os repórteres começaram a chegar em minha calçada. Pedi três vezes a ela, evitei, mas foi inevitável. Ela começou a fazer trocadilhos com a jogada, com a bola, com o goleiro do Uruguai. Disse que a empresa não valia um tostão. Que os sócios uruguaios deram uma grande jogada e engoliram a empresa. Que eu pisei na bola, ia ser agora um gandula, um escravo, uma corcunda torcida. E que todo Pelé dessa qualidade devia ser desprezado sem reserva. Acho que não ouvi bem, mas reagi imediatamente. Todo, não, Alcmena, nem todo. Os repórteres e a torcida contra agitavam a entrada da casa. Eu respeitei você até na minha cama com Zeus. Portanto, respeite um gênio. Minha mão eu já nem sei para onde ia, os caras gritando lá fora, se para o revólver ou para o arco de metal pendurado na parede. Ela me mostrou o gráfico cheio de x. Mas nem todo, Alcmena, peça desculpa. Ela cuspiu em meu rosto arranhado, meteu a mão dentro da calça, puxou o dedo com o esperma de Zeus, beijou...

Alc teria sido mais feliz (até mãe de um herói bastardo) se não voltasse a falar mal da jogada. Caí em cima dela no chão, esmaguei-a de pisadas. Pisei na cabeça, nos peitos, na barriga. Gritos lá fora. Um chute na vagina encerrou o espetáculo. Cortei-lhe a cabeça com um facão, lancei a cabeça no meio da sala. Passei pelo cadáver, dei a volta por trás, chutei a cabeça. Que passou rolando no meio da porta. E foi parar no jardim, no centro do gramado.

MORO EM JAÇANÃ
(ou Viajei com Voltaire)

Melina só tinha durado cinco dias. Tinha morrido de cansaço, deficiência respiratória. Ainda tentou pegar nas mãos dele, olhando fixa para ele, como se fosse gente. E ele ali, cinco anos depois, no viaduto da Doutor Arnaldo, também cansado. Tinha acabado de fugir do Hospital das Clínicas, em cuja calçada tinha caído. Vinha do trabalho no Largo da Batata, onde carregava frete. Já tinha sido carregador de cimento, de tijolo, de legumes, e agora carregava balaios. A mulher, não sabia por onde ou se existia. Tinha vindo com ela da Paraíba para uma sorte melhor no progresso. E a filhinha não progrediu cinco dias, o olhinho bem preto e troncho, fixado nele, querendo ver ele por mais tempo. E ele ali, sem descarregar a culpa, a consciência cansada, o corpo cansado, a queda na calçada, o soro do enfermeiro, o mesmo soro, a mesma queda. Ele tinha agora tudo para a descarga final, mas não conseguia sequer completar a idéia do suicídio. O olhinho troncho o vigiava no viaduto, ele entupido de remorso, a respiração raquítica. E a cidade entupida de carros, se arrastando lenta, os prédios cansados, as filas cansadas. E do Largo até ali seus passos estreitos, a queda, o soro, a fuga. Deu mais um passo arrastado e arrastou a imagem da bebêa-mindinho nas ruas da memória arrastada. Onde estaria, se é que ainda estaria, a mãe de Melina? E por que só cinco dias, que já duravam cinco anos de peso? Nunca se conformou com a última respiração da filha. Como é que Deus agia assim logo com um palminho de ossos, uma bonequinha torta, meio pingo de gente? E que ficou pálida, cinzenta, até congelar o olhar? E que coube, com folga, numa caixinha de sapato? Tinha tudo agora para o descarrego final, subiu na grade do viaduto. Quando foi se jogar da Doutor Arnaldo para a Rebouças, alguém, por trás, segurou o braço dele. Teve um medo terrível, pois podia ser o enfermeiro com a polícia. Não era. Era Adoniran Barbosa. Vinha convidá-lo para abrir uma festa num bairro distante, onde todos esperavam por ele. Há tempo que Adoniran rodava, noite por noite, pela cidade, à procura dele. E o tinha encontrado ali, tinham que ir depressa. Ele mal podia andar, Adoniran o carregou. Pegaram o último trem, o das onze, e seguiram. O frio foi compensado na entrada do bairro com inúmeras fogueiras e um calor humano inexplicável. Todos perguntavam por que tanto tempo, por que não tinha vindo antes. E vinham cumprimentá-lo, dar os parabéns, oferecer comidas. Milhões de fogos pipocaram no ar, a festa foi oficialmente aberta. Inúmeros pratos começaram a ser servidos, milho assado e cozinhado, bolo baieta, pé-de-moleque, cuscuz com leite, ovo mal passado, batata-doce, buchada, tapioca, angu, mungunzá, numa mesa atravessando várias ruas. Por onde passava, grupos de músicos afiavam os instrumentos, tocavam em homenagem a ele. Os Demônios da Garoa vieram saudá-lo pessoalmente, acompanhando-o, junto com Adoniran, pelo resto do bairro. Foi levado para tomar banho, tirou a roupa de freteiro, vestiu uma de dança típica. E reencontrou a mulher, que lhe deu um abraço duradouro e pediu para não chorar. Chorar não era daquelas bandas, onde todos eram inteiros. Quando menos esperou, quase morreu de alegria com o espetáculo: quinhentas quadrilhas de crianças, com os pinguinhos de gente enfeitados de todas as cores. Uma delas, a que ganhou o concurso, era só de menininhas de olho troncho, que dançavam e esperavam por ele há cinco anos, sem que uma única delas tivesse cansado. Quando ia subir no palco, chamado por Melina, alguém, por trás, segurou o braço dele. Era Adoniran Barbosa:

– Sai dessa, cara. Cai na real. Tu tá é sonhando.

É terrível interromper uma alegria intensa, praticamente sumida da vida. Qualquer um se sentiria rebaixado ao ter que descer do palco para a cama do hospital; do braço de uma princesinha para o braço de um enfermeiro; do romantismo da ilusão para o realismo de Adoniran. Mas o som das quadrilhas estava tão alto, que ele não pôde ouvir Adoniran.

Impressão e Acabamento
Bartira
Gráfica
(011) 456-0255